MARITA LOEW

Herr Heiner sticht in See

Zum Buch
Durch einen Zufall gerät Heiner in die Verlegenheit, einen Traumurlaub machen zu müssen. Dabei wollte er doch nur auch mal an den Gesprächen der Kollegen in der Pause beteiligt werden. Dass die ihn dann so missverstehen – damit hatte er nun wirklich nicht gerechnet. So geht der schüchterne Heiner auf große Fahrt, und stürzt von einem Abenteuer ins nächste. Dabei sind seine Erlebnisse und Begegnungen mit gefährlichen Ganoven und frivolen Frauen fast zu schön, um wahr zu sein.

Zur Autorin

Schon immer haben ihre Geschichten viele große und kleine Zuhörer in ihrer Familie und ihrem Bekanntenkreis begeistert. Nach ihrem ersten Roman „Diätsafari - Mit Volldampf ins Abenteuer" hat sie nun eine weitere Geschichte aufgeschrieben. Marita Loew lebt mit ihrem Mann und ihrem Kater im Saarland.

Marita Loew

Herr Heiner sticht in See

Roman

Ich schnappe nach Luft, Luft, Luft.
Salziges Meerwasser schwappt in meinen offenen Mund.
Ich versuche nicht zu schlucken und doch zu atmen.
Meine Lungen schmerzen, ich drohe zu ersticken und
beginne zu schwitzen.
Millionen Poren öffnen sich und produzieren Schweiß.
Kleine Rinnsale ergießen sich auf meiner Stirn und
laufen mir über das Gesicht in die Augen.
Es brennt entsetzlich.
Langsam füllt sich meine Halsrinne mit feuchtem Nass.
Der Schweiß rinnt über meinen Rücken.
Nass, kalt, eklig.
Ich friere und klappere mit den Zähnen.
Ich beginne mich zu bewegen.
Hastig rudere ich mit den Armen.
Ich versuche, im Takt zu bleiben.
Schwimmen, schwimmen, immer schwimmen, nicht
aufgeben.
Arme, Beine, Arme, Beine... Schwimm, schwimm doch.
Mensch Heiner, schwimm.
Es gibt doch eine Notfallregelung.
Denk nach, du bist doch ein schlaues Kerlchen!
Was steht noch schnell in der Rettungsanleitung?
Also!
Jegliche Hast vermeiden!
Hast vermeiden,
Hast vermeiden... okay.
Beruhigen Sie sich!
Beruhigen Sie sich,
beruhigen,
beruuuuuhigen... okay.

Keine hektischen Bewegungen!
Keine hektischen Bewegungen,
keine hektischen,
hektischen... okay.
Also was nun???
Weiter.
Ich entspanne mich, im Kopf.
Autogenes Training!
Ja, gute Idee.
Also...
Autogenes Training.
Kann losgehen.
Ganz ruhig,
ruhig atmen.

Mein rechter Arm wird schwer,
mein rechter Arm wird schwer,
meine rechte Hand wird schwer...
Oh, nein, scheiße,
das ist nicht gut,
gar nicht gut.
Nein, nein, nein.
Mein Arm wird wirklich schwer,
meine Hand wird schwer,
schwer wie Stein,
wie Zentnerstein,
wie soll ich jetzt schwimmen?
Mit einem Steinarm mit Steinhand?
Oh Gott, was mach ich bloß?
Ich fühle mich wie aus Beton gegossen.
Wäre nur dieses stromartige Beben nicht in meinem Körper.
Wenn ich Angst habe, vibriere ich und meine Füße werden steif.

Blöder Schulsport.
Blödes Entspannungstraining.
Wie war noch das Auflösungswort?
Am Schluss des Trainings, was sagte der Idiot immer?
Überlegen,
schwimmen,
überlegen,
schwimmen...
Blöder Entspannungsscheiß, wusste ich es doch.

Große Wellenberge bilden sich.
Das eiskalte Wasser durchdringt die Kleidung,
wird von meinen Kleidern aufgesogen und zieht schwer
nach unten.
Wie ein Betonklotz geht es abwärts, doch ich setze mich
zur Wehr und kämpfe.
Bedrohlich klatschen die Wassermassen gegen meinen
Hals und engen die Kehle immer stärker ein.
Mein Hals geht zu,
ich vereise,
ich muss was tun,
ich muss mich lockern.

Was lernt man schon in einem Kurs gegen Panik?
Nur Dinge, die einem Angst machen.
Zuerst mal die Kutscherstellung einnehmen,
dann langsam mit einer Entspannungsübung anfangen,
aber wie soll das gehen in einem tosenden Ozean mit
hohen Wellen und tobendem Wind.
Und wenn's drauf ankommt, fällt mir nichts ein.
Ich schlucke Wasser.
Millionen Liter.
Ich röchele.
Ich schwemme auf und treibe nach oben.

Mir wird schwarz vor Augen.
Ich schließe die Augen für immer und gebe auf.

Ende.

Genau! Er hat „Ende" gesagt!
Mein Therapeut hatte „Ende" gesagt.
Ich erinnere mich wieder.
Meine Hand öffnet sich und mein Arm wird leicht. Leicht
wie der Schaum auf einem heißen Cappuccino.
Endlich geschafft.
Geschafft.
Ich atme tief durch und öffne die Augen.
Ich bin fix und fertig.

Die Sonne schiebt sich gerade durch ein Wolkenband.

Heiner liegt erschlagen in seinem Bett und atmet schwer. Seine Brust hebt und senkt sich rhythmisch. Leicht dreht sich das kleine Schlafzimmer im Kreis. Im geöffneten Fenster flattert die graue Gardine umher. Es ist windig. Heiner starrt auf das kleine Blinklicht am Rauchmelder. Er fröstelt in seinem graukarierten Pyjama, der weiche Flanell hüllt ihn ein und vermag ihn trotzdem nicht zu wärmen. Heiner mag graue Farben, sie passen sich dem Leben so angenehm an. Seinem Leben. Nur nicht bunt und aufdringlich, lieber montagfarben grau. Heute steingrau.

Was ist passiert?

Heiner ist orientierungslos. Er reibt sich seine Augen. Der Strom in seinem Körper lässt das rechte Auge blinzeln. Unangenehm, ist aber so. Das Wasser, das viele salzige Wasser...Ein Meer, ein See, ein Ozean... Wellen sanft und schaukelnd. Er hat Durst und er lebt. Gott sei Dank. Dabei fühlt er sich, als habe er gerade ein Meer ausgesoffen. Langsam setzt er sich im Bett auf.

Ich bin zu Hause. Oh, wie schön.
Es war nur ein Alptraum.
Ein Alptraum!
Wie realistisch.
Wie schlimm.

Er streicht leicht über den kuscheligen Stoff seines grauen Schlafanzuges. Ein hübsches graues Muster.

Ich liebe grau, es ist wie ich.
Es fällt nicht direkt ins Auge, ist immer tragbar.

Das kuschelige Gefühl erinnert ihn an seinen Teddy-bären von früher.

Er heißt Bärli und ich liebe ihn sehr.
Ich hätte mich nicht auf ein solches Abenteuer ein-lassen sollen.
Dabei hat mich die Annonce in der Club-zeitung förmlich angezogen, angesprungen.
Hätte ich doch bloß den Mund gehalten.

Kreuzfahrt im Mittelmeer

Blauer Himmel, türkisfarbenes Wasser, lachende Menschen an der hölzernen Reling, Galadinner, Festbankett…
Das moderne Abenteuer, die große weite Welt.
Und ich mittendrin?
Ich hätte es wissen müssen.
Schon als Kind mochte ich keine großen Veränderungen, und jetzt, mit Mitte 30, wage ich so etwas.
Risiko
Abenteuer
Weltuntergang
Eine Kreuzfahrt!
Tausende Menschen eingezwängt in einen schwimmenden Technikpalast.
Für viele Menschen bestimmt etwas unglaublich Spannendes.
Ein Lebenstraum.
Glück
Vergnügen pur –
aber für mich?
Den stillen Heiner.
Buchen, aufs Schiff gehen, ahoi.
Setz die Segel.
Aber ich? Ich kann es nicht.
Aber ich will, nein ich muss.
O nein, nein.

Schwer atmend liegt Heiner durstig auf seinem Bett. Seine Augen, auch das zuckende, suchen den Raum ab. Auf der Kommode liegt das Drama, die Papiere. Die Reiseunterlagen. Die Papiere für Herrn Heiner Kluge, Meisenweg 7, Neu-Isenburg.

Also doch, es soll so sein.
Es hat mich erwischt.
Das Schicksal
Die Sau
Ich habe gebucht und ich werde mich bemühen mich zu
freuen.

Er schnipst mit den Fingern und sagt es einige Male hintereinander auf.

Ich freue mich,
ich freue mich ...

Langsam wird sein Puls ruhiger, das Auge blinzelt nicht mehr. Er steht auf. Im Bad hat er keine Lust auf Duschen. Zuviel Wasser.

Gegen Wasser bin ich heute allergisch.

Ihm klingeln noch die Ohren von den Meereswellen, die er im Traum gespürt hat. Seine graublauen Handtücher riechen auch nach Meer.

Entsetzlich. Ich kriege es nicht mehr aus meinem Kopf.

Mit dem kleinstmöglichen Wasserspritzer - schon wieder Wasser - putzt er seine Zähne. Sie schmerzen, wie bei einer Erkältung. Heiner betrachtet sich im Spiegel.

Eigentlich sehe ich doch ganz gut aus.
Naja, ein bisschen dünn vielleicht, aber da könnte etwas
Sport sicher schnell Abhilfe schaffen.

Sport mag Heiner sehr, aber nur als Beobachter aus sicherer Entfernung, in der vertrauten Umgebung seines Wohnzimmers. Das äußerste Wagnis ist eine kleine Wanderung zu den Enten am Weiher in seinem Viertel. Dort sieht man ihn regelmäßig. Jeden Samstag. Jeden sonnigen, aber nicht zu warmen, regenfreien Samstag. Bei seinem Frühstück verzichtet Heiner heute bewusst auf Salz. Das salzige Meerwasser heute Nacht hat ihm gereicht.

Ist auch besser für den Blutdruck.

Zur Abwechslung trinkt er heute Pfefferminztee statt Kaffee. Von seinem Frühstücksplatz in der Küche kann er die Unterlagen sehen. Blau und bedrohlich liegen sie auf der Kommode neben der Wohnungstür. Nett verpackt. Das Unheil.

Muss ich noch abheften.

Heiner versucht, den Blick in eine andere Richtung zu lenken. Die Küchenuhr mahnt zum Aufbruch. Sie tickt heute so laut, als würde sie sein letztes Stündlein ankündigen. Schnell den Aktenkoffer geschnappt und schon ist er im Trott, das heißt, auf dem Weg in den Verlag. Heiner geht immer schnell, so ist eben seine Natur. Mit flottem Schritt eilt er zur Garage und fährt in die Firma. Glücklicherweise ist sein Lieblingsparkplatz frei und seine Stimmung steigt, wie immer, wenn er auf dem Weg in den Verlag ist. Der fröhliche Heiner, zuverlässig, grau und belastbar.
Herr Kruse an der Rezeption neigt kurz den Kopf zum morgendlichen Gruß und es scheint, als warte er auf etwas.

Ein Schwätzchen zur frühen Stunde sieht sein Chef nicht gern und so marschiert er vorbei in den ersten Stock, in sein Büro. In das Büro, in dem alle aus seinem Team arbeiten. Großraumbüro mit einer eigenen Ecke, für Heiner. Neben der Grünpflanze. Eine Palme natürlich. Er mag Palmen gerne. Diese mag er besonders gern, sie hat riesige Wedel und beschattet ihn bei grellem Sonnenschein. Das karibische Flair beflügelt auch seine Arbeit. Als hätte der Weihnachtsmann mit dem Glöckchen gebimmelt, wird es schlagartig ruhig und alle blicken ihn an. „Hast du es wirklich getan?" „Warst du schon im Reisebüro?" „Wann geht es los?" „Wohin geht die Reise?" Fragen über Fragen sprudeln aus den Kollegen. Mit geröteten Wangen und großen Augen sehen sie ihn an. „Na los, erzähl!" Ein wenig Stolz breitet sich in ihm aus. Heiner, der ewige Skeptiker, die graue Maus, ach was sage ich, der ewige Schisser hat sich mal was getraut.

Nun ja, ich hab's getan.
Ich habe mich verpflichtet den Spaß einer Seefahrt über mich ergehen zu lassen."

Alle lachen und Heiner blickt ein wenig vornehm in die Runde. Oder was er für vornehmes Blicken hält. Er neigt leicht den Kopf wie Prinzessin Diana von England.

Heiner blickt in die wartende Runde.

Ja, dann geh ich mal zurück an meinen Platz.

Alle Blicke treffen sich und wie auf ein unsichtbares Zeichen hin beginnt jeder mit seiner Arbeit. Nur Elfie am Nebenschreibtisch piepst: "Wie süß, seine Vorfreude ist ihm ins Gesicht geschrieben. Er freut sich wie ein rosa Ferkelchen."

Ich hasse Elfie.
Von wegen rosa Ferkelchen.

Auf Heiners Schreibtisch herrscht wie gewöhnlich eine sterile Ordnung. Er mag es nicht, wenn Dinge wahllos nebeneinander und übereinander liegen. Alles an seinen Platz und ordentlich verteilt. Papier zu Papier, Stifte zu Stiften und den PC korrekt mit dem Mousepad im rechten Winkel. Die Welt ist so einfach und übersichtlich, wenn man so ist wie Heiner. Das aufgeschlagene Journal liegt boshaft lauernd am hinteren Rand seines Schreibtisches.

Bestimmt haben alle es hin- und hergezerrt, um nur ja alles lesen zu können.

Trügerisch hebt sich das aquablau der Wellen gegen die erleuchtete Front des Kreuzfahrtschiffes ab. Tausende kleine Lichter schwingen an einer langen Kette von Bug bis Heck hin und her. Unzählige Menschen, klein wie Ameisen, wuseln an Bord umher. Die Kajüten sind beleuchtet und es liegt ein Duft von großer weiter Welt in der Luft. Schiff ahoi. Schifffahrtsromantik pur. Und

Heiner mittendrin.

*Mitgliederreise des Automobilclubs, ganz was Feines,
und ausgerechnet ich Dödel bin Mitglied in diesem Club
und lese es auch noch meinen Kollegen vor.*

Eigentlich wollte er nur etwas sagen, einfach so, er hatte
es sich heute Morgen vorgenommen und so hat er die
Anzeige genutzt, um sich auch mal in das Gespräch der
Kollegen einzumischen. Einfach so. Nur auch mal was
sagen. Die anderen sprechen immer, den ganzen Tag
lang, plapper plapper plapper, aber Heiner schweigt
meistens. Ohne direkt jemanden anzusprechen, hat er es
laut ausgesprochen, in den mit Worten gefüllten Raum.
Zack, war es draußen. Einfach so, ungewohnt. Sonst sagt
er nie etwas. Nur heute hatte er mal Lust dazu. Sonst
spricht er nur, wenn es einen Grund gibt oder eine
dienstliche Anweisung, aber dann hat sich die Sache
verselbstständigt und ist aus dem Ruder gelaufen.

*Ich habe ja nur gesagt, es gibt eine tolle Mitgliederreise
im Mitgliedermagazin, nicht dass ich eine mache oder
sowas.*
Nein, auf keinen Fall!
*Wie das aber bei den Kollegen nun mal so ist, versteht
jeder etwas anderes.*
Alle quatschen ja immer durcheinander.
*Einer telefoniert dabei, einer ist auf der Toilette und
beide bekommen es von anderen erzählt.*
*So kam es, dass nach einer halben Stunde jeder dachte,
ich mache diese Reise.*
O nein, wie schrecklich.
Scheiße.
So war das nicht gemeint!

Alle Versuche, es wieder richtig zu stellen, waren in dem Tohuwabohu der Stimmen nicht mehr möglich. Also setzt er erneut an, und redet und redet. Plötzlich Stille. Alle Versuche, die Situation zu berichtigen, werden sofort als Angst oder Panik gewertet. Die Kolleginnen stehen auf und drücken Heiner, die Herren nicken ihm aufmunternd zu. Alle versuchen ihn zu beruhigen, dabei regt er sich nur auf, weil alle etwas Falsches glauben. Heiner ist zum Gesprächsthema geworden. Ungewollt im Mittelpunkt.

Schrecklich.

Unter den irritierten, aber insgesamt doch bewundernden Blicken seiner Kollegen beginnt Heiner mit der Arbeit. Und heute scheint ihm alles etwas leichter von der Hand zu gehen.

Manche Tage sind einfach merkwürdig.
Gerade weil ich mich aufgeregt habe und gerade weil jeder auf mich eingequatscht hat, habe ich das Gefühl, ich kann nicht zurück.
Wie doof die anderen doch sind.
Ich und eine Kreuzfahrt.
Wie kommen die nur darauf, so ein Unsinn.
Aber gestaunt haben sie schon.

Heiner lächelt.

Zurück zu Hause sind die bewundernden Blicke aber schnell vergessen, und seine alte Skepsis wartet schon im Treppenhaus auf ihn. O Gott, was ich jetzt alles planen muss! Natürlich ist so eine Fahrt etwas ganz Besonderes, nicht nur wegen des Preises. Nicht nur besonders teuer, sondern auch besonders aufregend!

Was habe ich mir dabei gedacht!
Mensch, Heiner!

Allein der Weg zum Meer, die Anreise, stellt schon die erste Hürde dar. Aber im Organisieren ist Heiner ein Fuchs, er checkt alles. Man kann sich entscheiden zwischen einer Busanreise, dem Zug oder einem Flug. Die Busanreise scheint ihm am praktischsten, da das Gepäck vom Bus direkt auf das Schiff gebracht wird und man nicht noch schleppen muss.

Da bin ich ja schon ausgerenkt, bevor ich überhaupt da
bin!
Wäre mir megapeinlich schon mit leichtem Seegang an
Bord zu gehen und obendrein dauert die Anreise zirka 11
Stunden.
Hui.
Egal, ich verschlafe dann einfach 5 bis 6 Stunden, die
restliche Zeit schaue ich aus dem Fenster.
Guter Plan.
Hm, der Flug geht schneller vorbei.
Nach circa 90 Minuten ist man am Flughafen
in Mailand.
Dann den Rest bis zum Hafen mit dem Transferbus.

Bei Mittelmeerreisen stehen Genua, Savona und Venedig als Abreisehäfen zur Auswahl. Heiner muss nach Savona.

Wie das schon klingt – Sssavona.

Er atmet tief durch und beginnt sich zu freuen.

Also noch einen Bustransfer „Hin und Rück" buchen, aber den Weg zum Flughafen, so ca. 2 Stunden, nicht vergessen.
Dann doch lieber die Busanreise?
Oder lieber den Zug wählen?
Eine wahnsinnig schwere Entscheidung.
Ich könnte mit dem Taxi zum Bahnhof, dann nach Frankfurt Hauptbahnhof. Anschließend bis Mailand mit dem Nachtzug und umsteigen bis Savona. Von dort mit dem Taxi zum Hafen.
Prima, einfach zu machen. Schaffe ich glatt.

Beim Nachschauen im Internet bemerkt Heiner, dass sein Plan leider nicht ganz aufgeht. Die Bahnseiten ergießen sich vor ihm, eine virtuelle Welt. Man kann fast alles buchen. Überall hinfahren, tagsüber und nachts. Nur samstags geht es nicht. Der Nachtzug von Frankfurt nach Mailand fährt sonntags aber nicht samstags, nur sonntags. Samstag erst ab München.

Oh Gott, wie kompliziert.

Seine Gedanken rasen in seinem Kopf. Achterbahn im Denkprozess. Seine Wangen färben sich rosa. Sein Hals wird trocken.

Ich muss mich konzentrieren.
Jeder reist doch irgendwohin.
Da werde ich es doch auch schaffen.
Ich muss es schaffen.

Abends kommt im Fernsehen auch noch „Das Traumschiff."

Das Thema Kreuzfahrt verfolgt mich bis in den Schlafanzug.

Trotzdem schaut er sich die Folge an. Normalerweise ist das keine Sendung, die Heiner gefällt, aber heute ist es genau das richtige. Er macht sich Notizen.

Was tragen die Leute denn da so auf dem Schiff?
Die sehen alle so schick aus.

Heiner nimmt sich vor, Gustav und Ilse anzurufen.

Cousin Gustav sieht doch auch immer todschick aus.
Der kann mir sicher was leihen.

Wie gebannt schaut er auf den Bildschirm. Er saugt alle Details in sich auf. Ein wunderschönes, junges Mädchen an einem weißen Traumstrand schwimmt weit ins Meer hinaus und muss gerettet werden. Natürlich ist, wie durch Zauberei, ein gutaussehender Retter gleich zur Hand und die Holde dankt es ihm mit einem Kuss.

Sowas würde mir sowieso nicht passieren.

Heiner ist immer still. Unauffällig. Bei ihm laufen alle Dinge immer gleich ab, ganz ohne Zauberei. Er fühlt sich meistens wie ein stiller Beobachter in seinem eigenen Leben. Aber eben nicht wie der Held seiner eigenen Geschichte.

Das war in der Schule schon immer so, außer einmal.

Als Einzelkind aus gutem Elternhaus machte Heiner die Schule immer Spaß. Es lief einfach so, ohne große Anstrengungen, Jahr für Jahr. Bis er ein Praktikum machen sollte. Er hatte keine Ahnung und schon gar keine Idee, was und wo er arbeiten sollte. Über später hatte er sich noch keine Gedanken gemacht. Warum auch?

Einmal ist er an der Bushaltestelle mit einem Schüler zusammengestoßen. Seine Busfahrkarte war hingefallen und die des anderen auch. Heiner bückte sich, der andere auch. Die Köpfe küssten sich. Au Backe, das tat weh. Heiners Stirn glühte und pochte ziemlich. Er trat einen Schritt zurück und stolperte über einen Fahrradständer. Gnadenlos segelte er auf den Bürgersteig und versuchte sich noch im letzten Moment irgendwo festzukrallen. Der Plan misslang. Er sauste mit ausgestrecktem Arm nach unten zwischen die eisernen Streben des Kanalgullys. Leichter Fäkaliengeruch drang in seine Nasenlöcher und er musste zu allem Übel noch kräftig niesen. Das Resultat war, dass er nochmal mit dem Kopf aufschlug und etwas benommen liegen blieb. Pech gehabt. Sein Unfallgegner Georg, Schorschi gerufen, versuchte ihm ganz erschrocken zu helfen. Er zog an Heiners freiem Arm und gleichzeitig merkte dieser eine Berührung an den Fingern der anderen Hand in der Tiefe.

Scheiße, eine Ratte.

Angewidert zog er die Finger ein und drückte mit aller Kraft gegen den Gully. Schorschis Kraftanstrengung und Heiners Zutun lockerten den eingeklemmten Arm und mit einem Ruck konnte Schorschi ihn nach oben reißen. Hätte sich die alte gebrechliche Dame nur nicht so weit über sie gelehnt, um besser den Hergang verfolgen zu können, wären sie auch nicht so hart gegen sie geschlagen. Der Stoß war gewaltig und brutal für ein so zerbrechliches Persönchen und sie konnte sich nicht mehr auf den Beinen halten. Mit einem Ruf des Erschreckens kullerte sie über den Gehweg und ihr Gebiss schoss wie eine Rakete knapp an Heiners Auge vorbei. Das fehlte noch, eingeklemmt und blind geschossen. Befreit rappelte er sich auf, versuchte die Dame hochzuheben und torkelte etwas neblig im Kopf vor und zurück. Schorschi hatte mittlerweile die Handtasche nebst Gebiss aufgehoben und sie setzten die zeternde Oma auf das Bänkchen im Bushäuschen. Sie sahen sich an und mussten schallend lachen. Die Oma lachte nicht mit.

Sie entschuldigten sich gegenseitig und stiegen noch lachend in den ankommenden Bus. Beim Wegfahren drohte die alte Dame noch mit der geballten Faust und rief ihnen etwas nach. Dabei konnte Heiner eine Zahnlücke vorne im Gebiss erkennen. Hoffentlich ist es nicht jetzt beim Hinfallen passiert. Aber der Bus fuhr davon und Heiner musste noch immer lachen. Was für ein Tag. Als Schorschi aussteigen musste, entschuldigte er sich nochmals, Heiner sich auch. Sie lachten wieder über das Missgeschick und Schorschi gab Heiner eine Karte seines Vaters. Sein Vater besäße einen Verlag, Blumberg Verlag, prahlte er ein bisschen. Heiner könne ja mal anrufen. „OK, mach ich.“

Heiner kannte das riesige Gebäude mit der Glasfassade. Daran fuhr er täglich mit dem Bus vorbei. Wie gut, dass er Schorschi begegnet war, denn als er sich einen Praktikumsplatz aussuchen sollte, fiel ihm nichts ein. Er hatte keine Ahnung, was ihm Spaß machen sollte in der fernen Zukunft. Er wusste nichts Genaues. Also fuhr er in die Stadt, um nachzudenken, zur Inspiration. Er wollte sich ein großes Eis kaufen, da kämen vielleicht gute Ideen auf.Er fuhr am Verlag Blumberg vorbei und schon hatte er eine Idee, im Verlag von Schorschis Vater würde seine Zukunft liegen. Er interessierte sich ja für alles Mögliche, schrieb gerne und konnte genau recherchieren.

Passt.

Außerdem kannte er jetzt den Sohn vom Chef. Naja, nicht direkt kennen, aber Körperkontakt hatten sie schon. Kopf an Kopf. Besser als nichts. Bei der nächsten Haltestelle stieg er aus und erreichte den riesigen Glaspalast. „Also los, Junge", sagte er zu sich selbst und marschierte gerade und in bester Haltung durch das sich leise öffnende Portal.
Der feine Herr im grauen Zwirn an der Zentrale kämpfte gerade mit mehreren Anrufen, die er geschickt und mit kurzem Zwischenwort nacheinander verteilte. Er schaute Heiner kurz fragend durch seine dezente Brille an, als eine hübsche junge Dame mit Stapeln von Briefen und Kuverts durch die Halle auf ihn zulief. Bevor sie die Zentrale erreichte und ihre Sachen auf die Ablage legen konnte, bremste ein lauter Niesanfall ihren Schwung. Die schön sortierten Utensilien fielen ihr aus der Hand und legten sich im Kreis um ihre Füße. Verlegen suchte sie ein Taschentuch und putzte sich erstmal die Nase. „Gesundheit" rief Heiner ihr zu und schon war er bei ihr.

Flink hob er die Flugpost auf und drückte sie ihr in die Hand. Da sah er einen braunen Schlüsselanhänger auf dem Boden liegen. Mehrere große und ein kleiner Schlüssel hingen daran.

Nanu, wo kommt der denn her?

Heiner hob ihn auf und brachte ihn zum Pförtner, der sogleich per Telefon den Besitzer benachrichtigte. Es schien ja ein bekannter Schlüsselbund zu sein. Der Mann am Empfang bedankte sich im Namen des Besitzers und gab ihn der Postdame mit.
Selten hatte Heiner eine so wunderschöne Frau gesehen. Leichte Röte stieg in ihr Gesicht, als sie sich auch bei Heiner bedankte und schnellen Schrittes zum Aufzug eilte. Heiners unruhiges Auge zuckte. Jetzt nur nicht nervös werden. Der Herr an der Zentrale beobachtete sie genau und als Heiner nach dem Zuständigen für ein Verlagspraktikum fragte, lächelte er ihn an und meinte, die zuständige Sekretärin sei in ihrem Büro. Heiner stieg in einen gläsernen Aufzug, der ihn sanft nach oben schweben ließ. Im achten Stockwerk herrschte hektisches Treiben. Er ging an Büros vorbei, wo kleine Menschentrauben sich um Schriftstücke scharten. Überall klingelten Telefone, an jeder Ecke wurde geredet, verhandelt, überzeugt. Die Atmosphäre gefiel ihm, es war wie auf einem orientalischen Basar. Also, wie sich Heiner einen orientalischen Basar vorstellte. Alles wirkte groß und übersichtlich, viel Glas und Transparenz. Beeindruckend.
Er stand vor dem gesuchten Büro, Nummer 100. Eine beeindruckende solide Holztür aus Palisander verschloss das Allerheiligste, das Sekretariat des Chefs. Er wollte gerade anklopfen als sich von Zauberhand die gewaltige

Tür öffnete und er das Innere betreten konnte. Ein großer Schreibtisch aus edlem Lack beherbergte ein kleines rotes Telefon und einen stylischen roten Bildschirm. Mächtige rote Locken und verführerische rote Lippen dominierten das Bild von Frau King. Die Chefin des Vorzimmers von Herrn Blumberg erinnerte nur wenig an eine graue Maus im Vorzimmer. Ihr eng sitzendes Kostüm war sehr gut geschnitten und ließ im hellen Cremeton ihre auffallenden Vorteile gut zur Geltung kommen. Heiner war erstaunt und etwas verlegen. Doch schon rauschte sie auf ihn zu und baute sich vor ihm auf.

„Bravo, junger Mann, gut gemacht. Ich hörte schon, dass sie unsere Post gerettet haben. Meine Kollegin hat mir von ihrem schnellen Einsatz erzählt. Und nun wollen sie das jeden Tag machen, stimmt's?" Sie lachte leise und bezaubernd. „Ich wollte Sie nach einem Schulpraktikum fragen," sagte er zaghaft. Irgendwie war er plötzlich nicht mehr so sicher, dass seine Spontanaktion richtig war. Bestimmt hätte er anrufen sollen, oder einen Termin verabreden müssen. Frau King checkte ihn dezent und er merkte an ihren flinken Augen, dass ihre Beurteilung positiv ausfiel. Wie ein Engel schwebte sie hinter ihren Schreibtisch und reichte ihm ein Formular, dass er ausfüllen sollte. Er nahm auf einem gläsernen Stuhl Platz, den er zuvor nicht zur Kenntnis genommen hatte. Mit seiner schönstmöglichen Schrift füllte er die Seite aus und schrieb genau auf, von wann bis wann er gerne kommen würde. Sollte er jetzt gehen? Vorsichtig schaute er die Vorzimmerdame an. In ihren leuchtenden Augen lag ein gewisser Schalk. „Na dann bis zum 4. September, mein kluger Herr Heiner. Kommen Sie um acht Uhr zu mir ins Büro, ich zeige Ihnen dann ihren Arbeitsplatz." Heiner errötete von Kopf bis Fuß und freute sich wie ein

Kind. Er wippte mit seinen Füßen leicht vor und zurück.

Was für eine Frau, granatenscharf.

Er war froh, dass er jetzt gehen konnte. Wie zuvor öffnete sich leise die schwere Bürotür und ehe er alles in seinem Kopf geordnet hatte, war er wieder in der lauten wilden Verlagswelt draußen.

Wie toll, das hat ja prima geklappt!

Freudig ging Heiner durch die gläserne Halle und winkte dem vornehmen Herrn an der Zentrale zu. Dann spazierte er nach Hause, um all die Gedanken und Dummheiten in seinem Kopf zu ordnen und sich auf sein Praktikum zu freuen.

Das war einfacher als ich dachte. Heiner, das war super.

Die graue Maus war stolz auf sich. So war es immer bei ihm. Er war mitten in irgendwas drin und ohne große Anstrengung lief alles wie von selbst. Eigentlich super aber halt nicht so spannend. Mehr Erlebcn, das würde nur gehen, wenn er sich auch mal was trauen würde, ein Risiko eingehen wollte. Aber das wollte er nicht. Viel zu gefährlich. Die Zeit bis zu seinem Praktikum verging wie im Fluge. Sämtliche Prüfungen in der Schule fielen ihm leicht, so sehr beflügelte ihn die Vorfreude auf das Praktikum.

Endlich war es soweit, er, Heiner, der nie auffallen Wollende, hatte es geschafft. Er absolvierte ein Verlagspraktikum und bewies täglich, was er leisten konnte, auch unauffällig. Darin war er Meister. Er hatte sich vorgenommen, immer pünktlich zu sein, damit er nicht unangenehm auffallen würde. Seine Pause beendete er korrekt und er versuchte sich alles zu merken. Der große Verlag mit seinen vielen Mitarbeitern arbeitete laut und hektisch. Es war immer was los und immer standen viele Fragen im Raum. Jeder hatte seinen Platz und versuchte ihn lautstark zu füllen. Zuerst arbeitete er im Magazin bei Frau Miabell -

- nicht Mirabell, aber gut als Eselsbrücke zu merken.

Er durfte die Unmengen von Papier, Stiften, Tonerpatronen, Leerhüllen, USB-Sticks, Smartphones und Hardware aller Art verwalten, also mitverwalten.

Eine neue Welt.
Spannend.

Er durchstreifte das Haus und sah sich alles genau an. Vielleicht gab es irgendwo etwas, das er in sein Berichtsheft schreiben konnte, einen Verbesserungs- vorschlag oder so. Dann würden sicher seine Chancen auf einen Ausbildungsplatz steigen. Wo immer er auftauchte, wurde er freundlich begrüßt, aber irgendwie hatte er das Gefühl, er würde beobachtet. Konnte es sein, dass sich in einem solch großen Universum Parallelwelten gebildet hatten? Wenn ja, warum? Sein detektivisches Gefühl sagt ihm, da gab es etwas.

An diesem Mittag, direkt in der Mittagspause zwischen 13 und 14 Uhr, wenn alle entspannt ihre Pause machten würde er zuschlagen. Um nicht aufzufallen, nahm er den kleinen, wenig genutzten Personalaufzug in den Keller. Erstaunt stellte er fest wie viele Räume dort unten waren und welch große Mengen an technischen Geräten dort lagerten. Während er sich die bunten Lackschachteln der neuesten PCs und Laptops, teuren iPhones und Player anschaute, hörte er Schritte in seine Richtung kommen.

Oh je, wohin?

Eine Palette mit bunten Schachteln war seine Rettung und er schob sie ein wenig zur Seite, so dass er Platz hatte, sich hinein zu klemmen und zu verstecken. Er hörte die Stimme des Ankommenden unbekümmert telefonieren: „Kannst runterkommen, die Luft ist rein. Heute sind die neuen Geräte gekommen, beeil dich und mach dich dünne." Heiner verstand kein Wort.

Die Geräte?

Seine eingeklemmte Position war unangenehm und langsam schliefen ihm die Beine ein. Der Telefonmann kauerte neben dem Schachtelberg und schon bald waren wieder Schritte zu hören. „Na endlich, hat dich auch niemand gesehen?" Die schroffe Stimme des Ankommenden kannte Heiner doch irgendwoher? „Hier nimm und verdufte unauffällig, die Karten sind doch klar? Samstag, 17 Uhr, ich freue mich auf das Spiel. Bis dann." Langsam verklangen die Schritte und Heiner konnte sich aus dem Schachtelgewirr herausschälen. Leider war es schwerer als gedacht und er versuchte seinen linken Fuß vorsichtig auf einen Karton zu stellen. Die bunte Hochglanzpappe beulte sich ein und schon hatte er sie durchgetreten. Die kleine Instabilität reichte schon aus, um ihn ins Fallen zu bringen und ihn in einem bunten Pappemeer versinken zu lassen. Scharfe kleine Papierzähnchen schnitten ihm ins Fleisch und er heulte auf über den ungewohnten Schmerz. Schon hörte er wie sich Schritte näherten und wollte mit einer kühnen Drehung sein Versteck verlassen, da klemmte sich sein Fuß zwischen die Bretter der Palette ein. Er hielt die Luft an. Wie würde er hier wieder rauskommen? Mit wem hatte er es zu tun?

Sollte es sich hier um kriminelle Machenschaften oder Schlimmeres handeln?

Wurde hier vielleicht Diebesgut gelagert und niemand außer ihm wusste davon. War er ernsthaft in Gefahr?Er öffnete eine Kiste und leerte den Inhalt neben sich aus. Mit dem Daumen drückte er zwei Löcher hinein, um wenigstens etwas atmen zu können. Er verharrte. Er wartete und…
… nichts.

Langsam hörte er näherkommenden Atem und versuchte sich nicht zu bewegen. Doch es kam niemand, sein eigener Atem spielte ihm einen Streich. Er wartete eine längere Zeit, aber nichts geschah. Die ausgekippte Ware, winzig kleine USB-Sticks, rutschten ihm in die Strümpfe und schalteten seine Beweglichkeit aus. Niemand zu sehen. Niemand zu hören. Langsam, ganz langsam versuchte er sich zu entfernen. Er versuchte wie ein Seehund von der Palette zu robben und zog sie hinter sich her. Krawall! Niemand war zu sehen. Er schaffte es bis zur Kellertür, aber die Palette blieb stecken. Mit aller Kraft gelang es ihm, seinen Fuß zu befreien

Jetzt aber nichts wie weg.

Die Situation im Keller war ihm unbegreiflich. Aber

abwarten, er würde schon dahinterkommen.

Er lernte die Organisation vom Keller her kennen und merkte gleich, wie ungewöhnlich hoch der Verbrauch bestimmter Artikel war.

Kann das Zufall sein? Ich werde versuchen, das Lagermanagement zu durchblicken und eventuell einen Verbesserungsvorschlag zu machen.

Das würde bestimmt Eindruck beim Chef machen und seine Bewertung würde gut ausfallen.

Hoffentlich. Auf geht's.

Nach vier Wochen festigte sich sein Eindruck, dass die schreibende Zunft wesentlich mehr verbrauchte als die Verwaltung, obwohl die doch ausschließlich mit PC und Laptop unterwegs waren. Auch der große Anteil am Monatsverbrauch von Spitzern, Lochern und Radiergummis ließ ihn staunen. Wer brauchte heute noch so etwas?

Ich muss mal darüber nachdenken.

Jeden Morgen erstellte er sich einen Sparplan im Kopf. Seine Schicht dauert ja acht Stunden und seine eigentliche Aufgabe, das Eingeben der Ausgabeartikel, hatte er recht schnell geschafft. Er fragte Frau Miabell um Erlaubnis, alleine einen innerbetrieblichen Rundgang machen zu dürfen, um sein Arbeitstagebuch für die Schule zu schreiben. Jeden Tag sollte er schreiben, was er gelernt und getan hatte, aber das was er jeden Tag tat, hatte er schon in allen erdenklichen Arten beschrieben. Nun sollte ein Rundgang folgen. Er durfte den Rundgang

allein absolvieren.
Prima.

Aufmerksam und überlegend machte er sich auf den Weg, um einfach mal zu schauen, wo die Sachen aus dem Magazin hingingen und zu recherchieren, wie man etwas einsparen könnte. Zwei Minuten stand er nun da und wartete auf den Aufzug. Die Zeiger der großen gläsernen Uhr leuchteten in strahlendem Blau und er versuchte zu verstehen, wieso die Uhr keine Aufhängung hatte, sie schwebte im Raum.

Genial.

Der Aufzug öffnete so leise seine Tür, dass Heiner es nicht bemerkte. Eine tiefe Bassstimme forderte ihn aus seinem Inneren auf einzusteigen. "Na, junger Mann, wollen Sie nicht einsteigen? Zeit ist Geld." Er sah erstaunt den freundlichen Herrn mittleren Alters an und sagte entschuldigend, „Ich war in Gedanken." „Oh, da will ich Sie nicht stören." Er lächelte, aber Heiner konnte es nicht sehen. „Worüber haben Sie denn so angestrengt nachgedacht?" fragte der Herr leise. „Ich frage mich, wenn ich die schwebende Uhr im Flur sehe, wie es sein kann, dass ein so moderner Betrieb wie dieser noch Utensilien bezahlt, die, wie es mir scheint, aus einer vergangenen Zeit stammen." Der Herr im Aufzug schaute interessiert. „Ah ja, das ist eine gute Frage. Wer sind Sie und wo in welcher Abteilung arbeiten Sie? Sie scheinen mir sehr jung." Heiner stellte sich korrekt vor und es war ihm peinlich, seine Gedankenakrobatik preiszugeben. Wäre er doch nur zu Fuß gegangen. Was würde der Mann von ihm denken? Schließlich ging es ihn ja nichts an. Aber so einfach wurde er den Herrn nicht los, sie fuhren schließlich zusammen im Aufzug und es gab kein Entrinnen. Heiner hatte die Idee den Herrn nach ihrem Chef, Herrn Blumberg, zu fragen. Die Meinung eines älteren Kollegen, der sich in diesem Hause auskannte, ist von großem Wert. Also schilderte Heiner kurz seinen Plan eines Verbesserungsvorschlages als Praktikumsziel und fragte ihn, ob er meinte, er könne dies dem Chef vorbringen. Der Mann hörte ihm aufmerksam zu und bat ihn, wenn es seine Zeit erlaube, ihn zu begleiten. Dabei lächelte er versonnen. Heiner dackelte hinter seiner neuen Bekanntschaft her und sah, wie er das Büro Nr. 100 ansteuerte. Wollte der Mann mit ihm zum Chef? Oh je, war Heiner zu wagemutig ihn zu fragen? Wie würde der Chef reagieren? Würde er meine Idee anmaßend finden? Am liebsten wäre Heiner in einem Stapel Papier versunken.

Nur weg hier.
Zu spät.
Wer ist dieser Mann?

Frau King blickte erstaunt auf und begrüßte Heiner freundlich. „Na, Heiner, erst zwei Wochen in Amt und Würden und schon ein und aus in der Chefetage, das soll Ihnen mal einer nachmachen. Muss ich jetzt ‚Herr Heiner‘ sagen?“

Was, wie, Chefetage?

Er wurde puterrot und hatte einen Kloß im Hals. Vorsichtig versuchte er zu husten, aber es wurde nur ein leises Hüsteln. Der Herr im Aufzug stellte sich als Verleger Blumberg heraus. „Jetzt lassen sie mal den Jungen zu Wort kommen, sie machen ihn ja ganz verlegen. Bringen sie uns was zu trinken, ich Kaffee wie immer und Sie?" Herr Blumberg schaute Heiner aufmunternd an. „Wasser vielleicht?" sagte er gequält. Im großen getäfelten Chefzimmer durfte er einen Stuhl an der gläsernen Wand auswählen und sah sich die fantastische Aussicht auf die Stadt an. Herr Blumberg schien ihn zu betrachten. Er sagte nichts und wartete einfach ab. Das konnte er gut. Leise schwebte Frau King mit dem Tablett herein. Sein Glas, dachte er, war mit Wasser gefüllt, aber die sprudelnde Flüssigkeit schmeckt ungewohnt lecker, leicht zitronig.

So eine Teufelin.

Was hatte sie ihm ins Glas getan?
In kleinen Schlucken trank er langsam sein Glas leer und bestaunte die imposante Aussicht.

Was für eine großartige Kulisse, ein Privileg, hier zu sitzen und zu arbeiten.

Der Chef schlürfte seinen wohlriechenden Kaffee und leckte die aufgesetzte Sahnehaube vorsichtig ab. Dabei wirkte er entspannt und irgendwie gönnerhaft. Stolz konnte er sein, dachte Heiner.

Hier an einem so unglaublichen Ort arbeiten zu können, war das Tollste und Erstrebenswerteste der Welt.
Ach ja, wie schön.
Chef müsste man sein.

Endlich begann Heiner sich zu entspannen und plapperte los. Seine Eindrücke von dem Büro, die Freude hier zu sein, das riesige Zusammenspiel der einzelnen

Abteilungen, die unglaubliche Aufgabe, das alles zu steuern. Großartig. Er staunte. Über alles. Über sich selbst. Er, Heiner, der nie gerne redete, sich lieber hintenanstellte, plaudert mit dem Big Boss und das Tollste daran ist, es gefiel ihm. Gut sogar. Herr Blumberg ließ sich seinen Eindruck genau schildern und ermutigte ihn, seine Recherche genau zu analysieren und ihm einen schriftlichen Bericht zu erstellen. Das betriebsinterne Geschehen sollte allerdings nicht in die Praktikumsarbeit einfließen. Gesagt getan. Nach drei Wochen lag Herr Blumberg ein Bericht vor, der ihm die Zornesröte ins Gesicht steigen ließ.

Die schreibende Zunft, sprich die Mannschaft der „Weltpresse", hatte ein stilles Abkommen mit der Leiterin des Magazins. Statt langwieriger Anträge für neues Computermaterial wurden eben Büroartikel in grenzenloser Vielzahl geordert und durchjongliert. Wäre nicht ein „pubertärer Dösbaddel", also Heiner, in dem Verlag erschienen, hätte so schnell niemand das lustige Treiben gestört. Grüße an die Weltpresse, die würden ihn hassen. Für Heiner war das Aufdecken der betrügerischen Zustände ein Glücksfall.

Herr Blumberg dankte ihm für das Interesse an den Verlagsinterna und stellt ihm eine Lehre nach der Schulzeit in Aussicht. Besser konnte es nicht kommen.

Lalalla.

Heiner im Glück.
Heiner freute sich.

Schiff ahoi...

Der Beginn der Kreuzfahrt rückt immer näher und Heiner überlegt sich, welche Kleidung er für das große Abenteuer einpacken soll.

Was braucht man nur?

Natürlich muss er in einem schicken Anzug erscheinen, nicht mondän, sondern edel, aber was heißt das? Da wäre ein Tipp von Cousin Gustav von Vorteil. Schließlich spielt Gustav in einem Orchester und sieht immer elegant und schick aus, so denkt auch Gustav über sich.

Noch heute werde ich ihn anrufen.

Für die Tagesabenteuer werden sportlich-legere Kleidungsteile gebraucht, abends meist lässig schick bis auf die Galaabende, da muss ein Smoking her. Das Schuhwerk sollte bequem, aber auch ein bisschen extravagant sein. Der sportliche Teil wird im Jogginganzug und in Badehose mit rutschfesten Latschen absolviert.

*Aber wie gestaltet sich das beschriebene Wellnesspro-
gramm?*
Im Bademantel?
Nackt?
Nicht auszudenken.

Für die Tagesausflüge sollte man mit festen Schuhen, einer leichten Jacke im Gepäck, genügend Trinkwasser und einem kleinen Snack für entstehende Hunger-attacken ausgerüstet sein.

Wie transportiere ich nun die Wasserflasche?
In einem Rucksack oder in der Hosentasche?
Wie viele Koffer brauche ich?
Stoffkoffer oder lieber Hartschale?

Immer schneller dreht sich das Zimmer um Heiner.

Das ist ja eine Herkulesaufgabe, all diese Utensilien zu besorgen – und dann noch einzupacken.

Heiner spürt, wie die Verzweiflung in ihm hochsteigt.

Hat das jemals einer geschafft?

Heiner ergreift den Hörer und ruft Gustav an. „Mensch, Heiner, du auf hoher See, das ist ja der Renner. Wie bist du nur auf eine solche Idee gekommen?" – „Blablabla." Heiner erzählt die ganze Misere und Gustav verspricht, ihn zu unterstützen. „Komm doch am Samstagmittag zu uns zum Kaffee und wir probieren meine Sachen an dir aus, kannst gerne von mir was ausleihen. Gekauft ist schnell."

So ein Glück!

Heiner freut sich auf den Besuch und steht pünktlich zur Kaffeezeit bei Gustav vor der Tür. Nach einem Begrüßungsplausch und etlichen Kaffees und Keksen geht es zur Modenschau. Gustav ist erstaunlich gut ausgestattet. Gott sei Dank gehört er etlichen Vereinen an, die weiße Hemden und schwarze Hosen bei ihrer Tätigkeit tragen und bei der DLRG werden die notwendigen Schwimmutensilien gebraucht. Heiner strahlt vor Glück.

Das hätte mich ein Vermögen gekostet.

Gustavs Frau Ilse, die Gute, verspricht sämtliche Leihgaben zu bügeln und in einem großen Koffer vorbei zu bringen.

Das klappt ja prima!

Heiner nimmt sich vor, am nächsten Montag zum Kostümverleiher zu fahren, um einen respektablen Smoking und eventuell auch noch einen Gehrock auszuleihen. Es klappt wie am Schnürchen, sämtliche Notwendigkeiten sind in kurzer Zeit besorgt und liegen bereit. Nur der Duft der großen weiten Welt, ein markanter Herrenduft, der fehlt ihm noch. Eigentlich parfümiert sich Heiner nie. Sein persönlicher Slogan „Gut gewaschen ist Duft genug" reicht für das feuchte Abenteuer nicht aus. Die engelsgleichen Feen der größten Parfümerie in der Einkaufspassage raten Heiner zu einer klassischen Marke. Männlich, sportlich, erotisch. Alles, was Heiner nicht ist. Schaden kann es aber auf keinen Fall, wenn er dann so männlich und erotisch rüberkommt. Niemand muss sein wahres Ich kennen. Sonntags stehen Gustav und Ilse bei Heiner im Wohnzimmer und wollen ihm einige Verhaltensregeln im Umgang mit der Damenwelt und diverse Tanzschritte beibringen. Das stellt sich schwerer heraus als gedacht. Heiners starre Körperhaltung kann nur schwerlich in Schwingung kommen. Da hat Gustav eine Idee. Er legt ein dickes Lutschbonbon auf den Boden, stellt Heiners linken Fuß darauf und beginnt mit einer Drehung. Auf dem kleinen Bonbon dreht sich Heiner wie von selbst. Ein bisschen schnell, aber es geht immer besser. Gekonnt wirbelt er Heiner ein ums andere Mal herum.

Das Bonbon dient als Drehteller. Es klappt ganz gut und nun soll Heiner mit Ilse zum Walzer angelernt werden. Etwas starr, aber außerordentlich motiviert wird getanzt, gedreht und dabei viel gelacht. Die Anspannung schlägt Heiner sofort aufs Auge. Es zwinkert noch mehr als sonst, aber da muss er nun durch. Am Ende des heiteren Treibens werden beim Italiener Berge von Nudeln verdrückt und Heiner schwebt im Glück. Zuhause wird gleich weiter geübt. Mittlerweile sind diverse Bonbons und Toffees in den meisten Zimmern verstreut. Sobald Heiner an einem dieser süßen Tanztrainer vorbeikommt, stellt er sich darauf und tanzt los. Es klappt von Tag zu Tag besser und die Stimmung steigt.

Ich werde mit der schönsten Frau der Welt tanzen.
Mein Arm wird sie halten und ich entführe sie in eine wundersame Traumwelt.
Und das alles im Walzerschritt.
Mmh-da-da, mmh-da-da... im Dreivierteltakt.

An einem trüben Freitag verabschiedet sich Heiner aufgeregt von seinen Kollegen und wird mit einem Meer von Glückwünschen, Tipps und Anregungen in den Urlaub entlassen. Es war ihm selten so bewusst, wie beliebt er war und wie sehr er sie doch alle mochte. Sogar Elfie drückte er ans Herz.

Na, dann mal los.

Sein Hals war trocken und er hüstelte leicht.

Einen Schal, ich brauche einen Schal gegen die raue Seeluft.

Heiner nimmt sich vor, noch einen in seinem Gepäck zu verstauen. Ilse kommt am Abend und bringt die versprochenen Kleidungsstücke vorbei. Schön sortiert, gewaschen und gebügelt, in zwei tadellosen Lederkoffern. Heiners gesammelte Werke stehen im Flur, ordentlich verpackt und bereit zum Abflug. Ja, er hat sich getraut, er fliegt morgen früh nach Mailand und lässt sich dort vom Flughafen abholen. Die Buchung war ganz einfach, die Rederei hat alles organisiert. So langsam kommt die Abreise näher. Mit einer Liste in der Hand kontrolliert Heiner seine Wohnung und hakt alles ab, was schon erledigt ist.

Nun noch den Wohnungsersatzschlüssel an die Nachbarin geben, das Gießen der Blühpflanzen und des Kaktus besprechen und dann ab ins Bett.
Morgen früh klingelt der Wecker schon beizeiten.

Alle zwei Stunden schaut Heiner auf die Uhr. Die Gefahr, einfach zu verschlafen an einem so wichtigen Tag ist einfach zu groß. Um fünf Uhr früh schläft er endlich ein, aber da klingelt auch schon der Wecker und er muss raus aus den Federn. Die sorgfältig gebügelten Reisekleider vermitteln ihm gleich einen Hauch von Luxus, das Müsli ist schnell verspeist und schon läutet die Türklingel. Als er das Haus drei Koffer schleppend verlässt, atmet er die kühle Morgenluft ein und sein Reisepuls stolpert mit. Der Fahrer des Mietautos ist bereit, er fährt Heiner zum Flughafen Frankfurt, Terminal 1. Das *„Ahoi Käpt`n"* versteht der Fahrer nicht und schaut uninteressiert an Heiner vorbei. Heiner ist aufgeregt.

Was für ein Abenteuer.
Heute Abend schon auf See, inmitten tosender Wellen.
Hoffentlich ohne Orkan.
Ich darf erst gar nicht daran denken.

Heiner wird es flau, aber er unterdrückt die Panik und setzt sich schnell nach vorne zum Fahrer. Der stellt die Koffer in den Kofferraum und fährt los. Nach kurzer Zeit ergibt sich ein interessantes Gespräch über Urlaub. Heiner versucht, seine Vorsicht wegen der angespannten politischen Lage in der Türkei zu erörtern. Der türkische Fahrer findet seine Argumente schwach und behauptet, es hätte nur ein kleines politisches Missverständnis gegeben, jeder fahre in die Türkei, nur keine Angst.

Ertappt! Angst. Ich bin immer in Angst.
Ob man mir das eigentlich ansieht?

So vergeht die Anreise kurzweilig. Am Terminal des Flughafens herrscht lebhaftes Treiben. Überall Reisende mit und ohne Koffer.

So, zuerst mal orientieren, Heiner.

Mit einem Koffer in jeder Hand, das Flugticket unter den Daumen geklemmt, marschiert er zum Eincheckschalter der Lufthansa und wird sofort freundlich seiner Last entledigt und seine Angst, umher zu irren und nichts zu finden, verfliegt allmählich. Ruckzuck ist alles eingecheckt und Heiner geht Richtung Zoll. Ein leichtes Unbehagen in seinem Magen erinnert ihn an gehörte Schwächeattacken während des Fluges. Da kommt der Stand mit diversen Getränken gerade recht.

Eine Erfrischung muss jetzt her.
Ein elektrolythaltiges Getränk stärkt das Herz, entspannt die Muskulatur und erfrischt den ganzen Körper.
Ein typisches Notfallgetränk.
Zumindest stand das in der Apothekenumschau.

Die strengen Herren am Sicherheitscheck sehen das aber ganz anders. „Werfen Sie bitte die Flasche in den Abwurf, die darf nicht mit ins Flugzeug genommen werden."

Was? Wieso das denn?
Die eben erworbene, überteuerte Mineralienlimo soll entsorgt werden?
Nein, nicht mit mir!
Für vier Euro Limo wegwerfen?

Das widerstrebt seiner Sparsamkeit zu sehr. Beherzt öffnet Heiner die Flasche und trinkt sie in einem Zug leer.

So.

Heiner blickt trotzig in die Runde. Da sieht er, wie eine junge Dame auf ihn zukommt. „Sie können hier rüber zum Sicherheitscheck kommen, in der ersten Klasse ist gerade nichts los."

So, das haben die nun davon.

Voller Stolz geht Heiner hinter der schönen Retterin her.

Herr Heiner in der ersten Klasse.
Zwar nur zum Sicherheitscheck, aber immerhin!

Da spürt er, wie ein Gefühl der absoluten Ohnmacht in ihm aufsteigt. Ein ungeheuerlicher Rülpser entweicht ihm gnadenlos. Laut, laut, Überschall. Nicht aufzuhalten. Ungebremst. Das Blut stockt ihm in den Adern und er sieht alle Augen auf sich gerichtet.

Was war denn das?
Welche asoziale Sau hat sich denn da so danebenbenommen?
Bin ich hier am Ballermann?

Oh nein, viel schlimmer, das war ja er selbst. Er, der frisch gebügelte Heiner in Luxusreisekleidern.

Erde, tu dich auf und verschlucke mich.

Das Entsetzen packt Heiner. Schnell stellt er sich vor dem großen Metalldetektor an und hofft, dass es niemand mitbekommen hat.

Das geht ja schon gut los.
Ich stehe im Mittelpunkt, scheiße.
Hoffentlich ist es die einzige Blamage auf meiner Reise.

Heiner nimmt sich vor, sich zusammenzureißen. Kurzes Atemholen und schon piept es laut aus Heiners Gepäck. Er erstarrt und schaut rasch nach unten. Doch es hilft alles nichts. Seine Bordtasche wird separat gelegt und er muss alles auspacken. Zwei ältere Sicherheitsbeamte schauen ihn unfreundlich an. „Wir haben schon von ihnen gehört," sagt der eine und lächelt seinen

Kameraden an. Dummerweise hat Heiner einen Bordkoffer mit vielen kleinen Täschlein dabei und es dauert eine Weile bis alles geleert ist. Dabei piept die Schreckensmelodie immer weiter. Der geduldige Zollbeamte bittet Heiner, den „spitzen Gegenstand" auszupacken. Heiner wird nervös. Er ist sich keiner Schuld bewusst, und trotzdem pfeift der blöde Apparat immer weiter. Um sich zu beruhigen, fängt er auch an zu pfeifen.

Ja, das hilft.

Heiner pfeift wie ein Verrückter, aber weiß immer noch nicht, was eigentlich gerade passiert.

Einen spitzen Gegenstand?
Welchen Gegenstand könnte er nur meinen?

Mit zitternden Fingern öffnet Heiner noch einmal eine kleine Reißverschlusstasche und da fällt er heraus, der spitze Gegenstand. Eine Nagelfeile.

Wo kommt die denn her?
Hat Ilse bestimmt eingepackt.
Das könnte sein.
Problem gelöst.
Gott sei Dank.

Leicht schwankend darf er passieren und sieht noch im Vorbeigehen einen schwarz verhüllten Menschen mit einer langen schmalen Tasche auf dem Rücken.

Gestern Abend wurde die Suche nach einem solchen Menschen in den Nachrichten gezeigt.

Extrem gefährlich, das Maschinengewehr verpackt auf dem Rücken.
Und da geht er.
Ich erkenne ihn sofort.
Was tun?
Soll ich meine Beobachtung jetzt melden, meinen Verdacht?
Mit etwas Pech ist dann mein Flieger weg und das Schiff legt ohne mich ab.

Nach seinem fulminanten Auftritt hier in Frankfurt ringt er mit sich, ob ihm überhaupt jemand Glauben schenken würde, entschließt sich aber doch, nichts zu sagen. Wer weiß, welches Theater es wieder gegeben hätte. So fährt er mit den Rollbändern zu seinem Gate und betrachtet durch die großen Fenster die landenden Riesen der Lüfte.

Unglaublich ist es schon, diese mächtigen Maschinen so leicht landen zu sehen, genau auf den Punkt.

Er ist von der Technik und der Größe der Flugzeuge begeistert. Er schaut und staunt, als eine melodische Frauenstimme neben ihm sagt, „Sie sind wohl noch nie geflogen? Bei meinem ersten Flug ging es mir ebenso." Aufgeschreckt und ertappt sieht er die Frau an. Ein wunderbares, engelsgleiches Wesen steht neben ihm und lächelt ihn an. "Stimmt" sagt er, "mein erster Flug. Wieso wissen Sie das? Können Sie es in meinen Augen lesen?" „Nun, ich kann nicht mehr durch die Scheibe schauen, so angelaufen ist sie von Ihrem Atem. Mir ging es damals ebenso." Oje, jetzt sieht Heiner es auch. Nebelschwaden auf der großen Scheibe, die Sicht total blockiert. Einzig seine roten Wangen sind noch als rote

Sonnen zu erkennen. Zum Glück wird sein Flug aufgerufen und Heiner kann sich davon machen. Er betritt den Flieger und freut sich langsam darauf, auf seinen ersten Flug.

Wie wird es sein, leicht wie ein Vogel durch die Luft zu schweben?

Es ist wundervoll. Heiner schwebt durch die Lüfte mit Kaffee und Schokosnack.

Genial.

Ab und zu sieht er nach hinten zu der hübschen Dame. Sie lächelt ein wenig, dann ist sie eingenickt und schlummert süß. Die Zeit vergeht schnell und schon sitzt Heiner im Zubringerbus zum Schiff.

Ade, schöner Engel, ich muss weiter.
Leider.
Vielleicht kreuzen sich unsere Wege irgendwann noch einmal.
Das wäre schön.

Heiners Puls wird schneller, als er das riesige Schiff schon von Weitem sieht. Es ist nicht zu übersehen. Und es wird immer größer. Heiner bebt. So riesig hätte er es sich nicht vorgestellt.

Oh Gott!

Das Cruiseterminal scheint noch größer als das Flughafengebäude. Massen von Menschen drängen hinein, bepackt mit Koffern, Taschen, Allerlei.

Schnell hinterher. Es ist bestimmt ganz einfach.

Rolltreppen helfen in den ersten Stock, das Gepäck wird in Fahrcontainer gehievt und er bekommt eine Nummer in die Hand gedrückt. Nummer 15. Also reiht er sich in die Reihe Nummer 15 ein. Eine Schlange von Gästen steht schon da. Vor ihm steht ein jüngerer Mann in einem altmodischen braunen Anzug mit einer Aktentasche unter dem Arm. An einer Schnur baumelt ein merkwürdiges Ding hin und her, ein Angelhaken mit blauer Fliege.

Nanu?
Brauch ich auch so etwas oder warum hat der das dabei?

Doch schon lenkt ihn ein verlockender, exotisch dekorierter Drink auf einem Tablett eines Obers ab. Heiner greift gerne zu und hat auch schon fast den Angler vergessen, als ihm das Schirmchen seines Cocktails beim Trinken ins Auge fällt. Das Symbol eines Angelhakens ist darauf gedruckt.

Schon wieder?

Dann fällt es ihm wieder ein. Der Angelhaken ist das Clubsymbol der Reederei. Als Clubmitglied sammelt man Punkte, die individuell eingesetzt werden können. Das hatte er in der Broschüre der Reederei gelesen.

Na, dann sammle ich mal mit.
Es wird ja bestimmt nicht nur eine Kreuzfahrt in meinem Leben geben.

Es ist kaum zu fassen, wie viele Menschen in so kurzer Zeit eingecheckt werden können. Eine Scheckkarte mit Bild und Kabinennummer erlaubt ihm, alles Erdenkliche bargeldlos zu kaufen, und er kann seine Kabinentür damit öffnen. Automatisch geht das Licht in der Kabine an.

Zauberei!

Das Tollste ist das Betreten des großen Foyers mit bunten Sesseln, kleinen Tischen, schillernden Deckenlüstern und gläsernen Aufzügen. Heiner muss sich hinsetzen. Das ist zu viel für ihn. Riesige Vasen stehen am Fuße einer gläsernen Treppe, die hoch hinaus in die verschiedenen Stockwerke führt. Die Treppenstufen scheinen mit Diamanten bestreut zu sein. Ein Flügel auf einem Podest liefert bezaubernde Klänge, der Pianist ist aus Fleisch und Blut, nicht wie im Vergnügungspark, als Puppe aus Samt und Seide. Heiners Mund steht offen, er kann es nicht fassen.

Welch eine Welt. Alles riesig, teuer, edel und wow.

Es gefällt ihm. So sitzt er eine Zeit lang und staunt. Seine Augen sehen in eine Zauberwelt. Niemals konnte er sich solchen Luxus vorstellen und das auf einem Schiff. Leicht berührt ihn eine zarte Hand am Arm und eine wunderschöne Stimme fragt ihn, ob er etwas trinken möchte. Langsam erwacht er aus seiner Bewunderungsstarre und versucht die Getränkekarte zu studieren. Alles ist magisch. Er entscheidet sich für ein Gläschen Sekt, Cremánt rosé.

Hört sich teuer und gut an. Unwirklich. Alles.

Heiner ist im Schwebezustand. Langsam nippt er an seinem Glas und fühlt eine große Dankbarkeit in sich aufsteigen. Dass er hier sitzt und wie ein reicher Krösus Schampus schlürft.

Das ist wirklich mega, mega.
Und das mir.
Daran könnte ich mich gewöhnen.
Ach, was für ein tolles Leben.
Hätte ich nicht gedacht.
Genuss pur und ich mittendrin.
Herrlich.

Er schwebt in einem der Glasaufzüge nach oben auf Deck 8. Ein netter Mitarbeiter begleitet ihn zu seiner Kabine, die er mit seiner Karte öffnet. Sofort springen alle Lichter in der Kabine an.

Wow. Sieht das edel aus.

Der Steward stellt ein Kärtchen mit seinem Bild und Namen auf den Tisch. Er signalisiert, Heiner könne ihn immer anrufen und er helfe ihm sofort. Willkommen im Paradies. Der Steward ist sehr freundlich, lächelt breit und spricht langsam und geduldig. Aber Heiner kann gar nicht richtig zuhören. In seiner Hand hält er das vorbereitete Trinkgeld, wie Gustav und Ilse ihm geraten hatten.

Nicht zu viel, aber auch nicht geizig sein.
Immerhin sorgt dieser Mensch dafür, dass es frische Handtücher und den ganzen Schnickschnack auf meiner Kabine gibt.

Mittlerweile ist das Geld in Heiners Hand schon ganz heiß und feucht geworden.

Igitt.
Wie gebe ich dem das denn jetzt?
Soll ich es in seine Hand legen?
Streckt er die vielleicht sogar aus, wenn er fertig geschwafelt hat?
Am liebsten will ich gar nichts sagen.
Was auch? Dazu hatten Gustav und Ilse gar nichts gesagt.
Mist

Da verabschiedet sich der Steward auch schon, und dreht Heiner den Rücken zu, während er die Kabinentür öffnet.

Das ist die Chance!
Jetzt oder nie!

Heiner steckt seine heißgewordene Schwitzehand in die Hosentasche des Stewards und versucht, das Geld elegant hineingleiten zu lassen. Aber der quiekt und dreht sich um, und Heiners Hand steckt erstmal fest.

Oh Gott!

So schnell und auch so ungelenk wie möglich zieht Heiner seine Hand zurück und stammelt: "Ähm. For you." Der Steward, der etwas blasser zu sein scheint als zuvor, bedankt sich, und schließt die Kabinentür schnell von außen.

Ui. Naja, wenigstens ist er weg.

50

Heiners Blick schweift durch die komfortable Kabine mit kleinem Balkon. Ein riesiges blaues Lederbett mit vielen kleinen bunten Kissen lädt ihn zu einem Nickerchen ein. Die vielen Eindrücke ermüden doch sehr. Er legt sich hin und schon ist er eingeschlafen. Ein heftiges Klopfen erschreckt ihn und er setzt sich erstarrt hoch.

Was ist los?
Ist was passiert?
Wer will was von mir?
Hier kennt mich doch niemand?
Soll ich überhaupt öffnen?

Mit klopfendem Herzen und zitternder Hand öffnet er die Kabinentür und schaut in ein bekanntes Gesicht. Schon wieder der Steward. Er stellt Heiners Koffer vor ihm ab.

Na prima, die scheinen ja gut angekommen zu sein.

Heiner ist erleichtert. Der Steward lächelt. "Have a nice day, Sir," ruft er noch und...

Moment mal, hat er mir grad zugezwinkert?
Hm. Egal.
Vielleicht macht man das so auf See?
Muss ich mal recherchieren
.

Er sucht sich ein weißes Leinenhemd und eine beige Hose aus und geht in sein Badezimmer.

Es gibt nichts Schöneres auf einem Schiff, als in einer Badekabine zu duschen und dabei aufs Meer zu blicken,

Heiner fühlt sich nach 30 Minuten auf dem Schiff irgendwie schon wie ein Globetrotter. Das Leben ist schön und das Meer in guter Laune. Flach und glatt trägt es das riesige Schiff dahin. Heiners Blick gleitet noch einmal durch seine Kabine und er ist entzückt. Es ist alles da, was er braucht. Komfortabel und elegant, geradezu luxuriös. Nicht nur ein Bett mit Nachttisch, nein, auch ein kleiner Schreibtisch, darüber ein supermodernes Fernsehgerät und ein Telefon, ein Kleiderschrank, davor eine Couch mit Sessel. Ein kompletter Wohnbereich, auch ein Safe, in dem er seine Papiere, Schlüssel und sein Taschengeld verstauen kann.

Einfach klasse.
Vielleicht wird meine nächste Kreuzfahrt eine Weltreise!
Oder jedenfalls länger als diese.

Als Heiner zur Kabinentür geht, sieht er sich aus den Augenwinkeln im schmalen Garderobenspiegel, der für den letzten Kontrollblick vor dem großen Auftritt im schwimmenden Luxushotel angebracht ist. Er stockt, und betrachtet sein Outfit einen Moment.

Sieht alles schick aus.
Ilse hat toll gebügelt und gepackt.

Alle Bügelfalten an Heiners Hemd und Hose sitzen korrekt. Das Hemd ist so strahlend weiß, dass man fast eine Sonnenbrille braucht.

Ach ja, Sonnenbrille nicht vergessen!

Heiner schnappt seine braune Sonnenbrille, die ihm sein Augenarzt für besonders empfindliche Augen empfohlen hat. Dabei fällt sein Blick auf ein Hemd, das im Koffer ganz unten lag. Auch so eins von Gustav, aber kein weißes. Blumen sind drauf, ganz kleine Blumen. Blumenranken, um genau zu sein. Das Muster strahlt Heiner in seinen frischen Blau- und Grüntönen an.

Sieht aus wie das Meer, irgendwie.
Hm. Ich kann es ja mal anprobieren.

Heiner hängt das neonweiße Hemd ordentlich in den kleinen Kabinenschrank, und zieht das hellblaue Hemd über.

Sieht bestimmt eh nichts aus.
Viel zu auffällig.
Zumindest für mich.
Gustav kann sowas vielleicht tragen.

Heiner steht vorm Spiegel.

Sieht gar nicht so schlecht aus.
Ist ja gar nicht so bunt.
Nur blau eigentlich.
Blau und Grün!
Oder Türkis?
Egal, was soll's. Ich lass es an.

In freudiger Anspannung macht sich Heiner auf den Weg, schick gekleidet und etwas hungrig. Die Kabinentür fällt schwer ins Schloss.

Der Flur des Schiffes ist riesig lang. Ein schöner blauer Teppich lässt ihn leicht und beschwingt zum Aufzug gehen. Er bleibt erstaunt stehen, eine Reihe glänzender Aufzüge wartet auf einen Auftrag.

Doch wohin bloß?

Neben den Aufzugtüren ist eine Skizze von dem Schiff auf einer goldenen Tafel.

Ich hätte nicht erwartet, dass es so viele Decks gibt.

Heiners Magen entscheidet sich für Deck 10 mit dem Marktrestaurant.

Das klingt schon mal nach gutem Essen.

Und dann öffnet sich das Schlaraffenland. Die Aufzugtür gleitet auseinander und Heiner wird von einer netten Hostess mit einer Flasche Desinfektionsmittel begrüßt. Drei Tropfen gibt sie ihm auf die Hand und erklärt das richtige Einreiben des Mittels. Das hat er nicht erwartet.

*Dass ich mir nach einem riesigen Eisbecher die Finger ablecke, ist mir klar, aber schon vorher etwas einreiben? Es werden doch nicht bösartige Keime in dem Fress-tempel lauern?
Was es nicht alles gibt!*

54

Frisch desinfiziert geht Heiner dem Menschenstrom nach.

Also, allein ist man hier nicht.

Er dachte sich schon, dass etwas los sein würde, aber eine solche Flut Menschen hatte er nicht erwartet. Und verschieden sind sie. Menschen aus aller Herren Länder sind hier zusammen unterwegs, Asiaten, Europäer, Amerikaner... Wunderschöne Menschen.

Donnerwetter, die halbe Welt fährt mit.

Heiner lässt sich treiben. Große Glasflächen ziehen seine Blicke auf das ruhige, blaue Meer.

Wenn ich nicht selbst dabei wäre, würde ich nicht glauben auf einem Schiff zu sein.
Es wackelt nichts, es ist alles hell und freundlich.
Die Flure, die Aufzüge, die Kabinen sind riesig.
So beeindruckend habe ich es mir nie vorstellen können.
Klasse, richtig klasse.

Heiner betritt den Speiseraum des Marktrestaurants durch eine elektrische Glastür und bleibt wie angewurzelt stehen. In seinem Leben hat er schon viele Male in den verschiedensten Restaurants gegessen, aber das Marktrestaurant vor ihm verschlägt ihm die Sprache. An der riesigen Glasfront stehen Tische mit Stühlen in großer Zahl. Einige sind mit Einzelpersonen besetzt, mit Paaren und Familien. Er kann sich zuerst nicht entscheiden, peilt aber dann einen kleinen Tisch mit zwei Stühlen neben der Pizzaecke an. Neben ihm sitzt das Meer. Von seinem Platz aus geht es in die Tiefe, aber

durch das intensive Meeresblau wird ihm nicht
schwindelig, es ist abgemildert. So könnte er stunden-
lang sitzen und schauen. Wunderbar. Schon startet er die
zweite Stufe seiner Exkursion und geht zu den vielen
Büffets.

*Soll ich mir gleich einen Teller nehmen oder doch zuerst
mal alles anschauen?*

Er entschließt sich für einen weißen Teller. Ein
Vorspeisenbüffet macht ihn neugierig.

Was ist denn das alles Feines?

Ein bisschen Überwindung kostet es ihn schon zuzu-
greifen. Er beobachtet die anderen Gäste und dann greift
er zu. Pasteten, Häppchen, Fleischstückchen und Melone
mit Schinken stapeln sich ordentlich im Kreis.

Nun noch ein Getränk nehmen und es geht los.

Sein Platz am Meer wurde in der Zwischenzeit
verschoben, er kann ihn nicht mehr finden.

Egal.

Heute ist Heiner flexibel und setzt sich an einen freien
Tisch. Lecker strahlt ihn das köstliche Essen an.

*Soll ich mir nun ein Getränk beim Ober bestellen oder
lieber selbst zur Getränkebar gehen und mir da
was zapfen?*

Mit Blick auf sein begrenztes Taschengeld, geht er selbst
los.

Zwei Mal rechts durch die Gänge, nein, nochmal links.
Wo ist denn der Getränkespender?
Eben war er doch hier.

Heiner eilt durch die Büffetreihen und stößt mit einer
Dame zusammen. Sie hat auch nichts in der Hand und
sieht ihn erschrocken an. *„Oh, entschuldigen Sie,"* sagt
er peinlich berührt *„ich bin etwas planlos und
ungeschickt."* *„Nein, nein, ich habe Sie angerempelt,
nicht Sie mich. Sorry!"* Sie lachen sich an und jeder geht
seinen Weg. Plötzlich steht er vor einem Getränke-
wunderland. Ein Getränkeautomat, der keine Wünsche
unerfüllt lässt. Säfte, verschiedenste Wassersorten, mit
und ohne Sprusel, Eistee, Kaffee, Limo, Cola, ein
Niagara zum Durstlöschen. Er füllt ein Glas mit kleinen
Eisstückchen und einer Zitronenscheibe, dann ergießt
sich prickelndes kaltes Wasser darüber.

*Herrlich, nun aber schnell zum Essen. Doch wo ist mein
Tisch?*
Mensch Heiner, denk nach!

Rechts von sich konnte er das Meer sehen, also geht er
zur Glasfront rechts. Und da sieht er seinen Teller auf ihn
warten. Noch ein Besteck organisieren, eine Serviette
dazu und schon gleiten ihm erlesene Köstlichkeiten in
den Mund. Er versenkt seine Gabel in köstlichen Salaten,
kleinen Pastetchen mit Kalbfleischfüllung und spring-
enden grünen Erbsen.

Und nun zum Hauptgericht...

Den Gang zwischen den Büffets geht er nun schon selbstbewusster. Er schwingt seine Hüften leicht und versucht nirgends anzustoßen. Es klappt wunderbar und dabei stellt sich ein Hochgefühl des Genusses ein.

Ich kann wählen.
Alles kann ich auswählen.
Ich habe alles bezahlt, also esse ich von allem.
Unglaublich, dieses Angebot.

An einem kleinen Tisch wird ein großer Braten von einem ganz in weiß gekleideten Koch aufgeschnitten. Heiner stellt sich zu ihm und bekommt mit einem kleinen Kopfnicken eine Anzahl köstlicher Scheiben auf seinen frischen Teller. Ja, genau, frischer Teller. Man muss nicht immer denselben nehmen, nein, es gibt für alles einen frischen. Heiner ist begeistert. Heiner im Schlaraffenland. Da es nun so gut klappt und er endlich das System durchschaut hat, wird er dreist. Zu seinen Pommes greift er sich noch ein Stück Hühnchen, eine Frikadelle, einen mit Gemüse gefüllten Wrap und einen Klecks Soße. Auch sucht er nicht mehr seinen ersten Platz am Glasfenster auf, nein, er setzt sich einfach auf einen freien Stuhl. Und es ist ok. Niemand interessiert es. Das hätte er nicht gedacht. Satt und zufrieden denkt er darüber nach, noch einen Nachtisch einzulegen.

Wenn schon Völlerei, dann aber richtig.
Vielleicht ein Eis?

Er schlendert zum Nachtischbüffet und staunt, was es alles gibt. Eis, Pudding, Kuchen, Törtchen, Obst, in mundgerechte Stücke aufgeteilt. Dazu Sahne, Zuckerstreusel, Krokant.

Hoffentlich werde ich nicht ohnmächtig.

Diese Völlerei ist er nicht gewohnt. Nicht auszudenken, wenn man ihn mit mehreren Personen auf die Kabine schleppen müsste, weil er so rund gefressen ist, wie die Protagonisten in der Geschichte vom Schlaraffenland.

Also, nur ein Bällchen Eis und eine Tasse Kaffee.

Das Transportieren des Eisbällchens ist einfach, doch auch noch den Kaffeebecher dazu? Also stellt er den Teller ab und holt dann den Kaffee. Er schaut auf das weite Meer, denkt an die vielen Wesen unten im Wasser, als eine reizende Stimme ihn aus seinen Gedanken reißt. „Es ist Ihre erste Kreuzfahrt, stimmt's? Es macht mir ja nichts aus zum Büffet zu gehen, aber nachdem mir jemand meine Suppe gegessen hat, freute ich mich auf meinen Schokopudding." Heiner versteht nicht.

Schokopudding?
Soll sie ihn doch essen, wo ist das Problem?

Sein Blick fällt auf seinen Kaffeelöffel. Orange. Flach. Glänzend. Sah sein Eis vorhin so aus? Langsam sieht er nach oben. Sein Gegenüber lacht ihn schelmisch an. Große braune Augen beobachten ihn.

Oh Gott!
Sollte ich mich vorhin vergriffen haben?
Aber nein, ich hatte mir doch ein Eisbällchen geholt.
Wie kann das sein?

Habe ich den falschen Tisch erwischt?
Wie blamabel, so ein Missgeschick.

Heiner springt auf, um sich zu entschuldigen. Er will seine Hand austrecken und schon sieht er einen großen Klecks Pudding auf der blütenweißen Bluse der braunen Augen prangen. Der zarte Pudding fließt ungehemmt auf das stark gehobene Dekolleté herunter. Zwischen den strammen, wahrscheinlich operierten Brüsten bildet sich eine klebrige Puddinglache.

Oh Gott.

Die Dame beginnt sich zu schütteln, um die Pampe loszuwerden, dabei reißt ihr der große edle Anhänger von der Kette. Mit einem leisen Klong fällt er auf den Nachbartisch. Auf den Spiegeleiern im Spinatbett glänzt das kostbare Teil in der Sonne. Die Genießerin des Gesundheitstellers ergreift mit erstaunter Mine die, wie durch Zauberhand, angeflogene Preziose und reibt sie mit ihrer Serviette ab. Die Dame mit den gütigen braunen Augen erkennt den nahenden Verlust ihres Schmucks und macht eine schnelle Drehung, um sich das Teil wieder zu greifen. Dabei stößt sie eine schrille Warnung aus. "Das ist mein Anhänger, mein, mein." Die Dame am Nebentisch erschrickt. "Wie können Sie annehmen, dass ich ihn behalten will. Ich habe Ihr blödes Omateil nur abgewischt." „Was erlauben Sie sich? Der Anhänger ist sehr wertvoll, meine verstorbene Mutter hat ihn mir geschenkt." „Also doch Omateil, aber noch lange kein Grund, ihn mir ins Essen zu werfen!" „Was? Das habe ich doch gar nicht, er ist abgefallen, als mich dieser ungeschickte Mensch bekleckert hat." Der Tonfall wird aggressiver, die Stimmung der beiden Damen droht

60

zu kippen. Die gütige Braunäugige reißt den Anhänger an sich und die Spinatwachtel zerkratzt ihr die Hand. "So einfach, geht das nicht Fräulein. Zuerst mich stören und dann frech, das von mir gefundene Teil an sich reißen. So nicht!" „Siiee... könnten sich solch eine Kostbarkeit ja überhaupt nicht leisten, sie doofe Kuh. Jetzt rufe ich den Kapitän." Wie eine Furie dreht sich die Braunäugige und inzwischen Rotkopfige im Kreis, wedelt mit den Armen und ballt ihre zerkratzten Fäuste. "Ich möchte sofort den Kapitän sprechen. Welche schrecklichen Personen sind denn hier auf dem Schiff?" Mit wütendem Blick dreht sie sich zu Heiner um. Sie dampft und ihre Augen rollen, wie die einer Kuh beim Donnerschlag.

Nein, nein, das wird ja immer schlimmer.
Was habe ich da nur angestellt!

Heiner sitzt im Epizentrum des Bebens. Er beginnt leicht zu zittern und will mit seiner Serviette den Puddingklecks, der sich vor ihm aufgebauten Dame abwischen, als ihn eine schallende Ohrfeige trifft. Die braunen Augen sehen ihn wütend an und er versucht eine Erklärung: „Ich bin Heiner Kluge und habe wohl den falschen Tisch erwischt und esse nun ihren Pudding. Das tut mir sehr leid, normalerweise bin ich sehr genau. Es ist ein schrecklicher Irrtum. Verzeihen Sie." Hätte er doch nur den Kaffeebecher abgestellt, als er ihr zur Versöhnung die Hand geben will. Durch die Verwechslung hat er etwas die Kontrolle verloren, seine Knie zittern und die braune Kaffeebrühe schwappt zu allem Elend auf ihre weiße Caprihose.

Ich Idiot. Shit.

Nun ist Chaos im Karton. Heiner schnappt sich ein weiteres Papiertaschentuch, um schnell den Fleck abzureiben, als die Dame zu einer erneuten Klatsche ausholt. Heiner duckt sich instinktiv weg und die zerkratzte Hand klatscht der Schmuckfinderin auf die Backe.

Action pur! Jetzt ist was los.

Die Geschlagene schreit auf. Sie versucht, die Aufgebrachte von Heiner wegzulocken und wedelt mit dem Anhänger, wie ein Torero vor dem Stier. Mit einem Urschrei stürzen sich die Damen aufeinander und zerren sich an den Haaren. Heiner sinkt auf seinen Stuhl und ist leicht benebelt.

Was ist eigentlich passiert?
Warum werde ich verdroschen, nur weil ich den falschen Pudding esse?

Schnell sind einige Stewards und Offiziere an seinem Tisch und versuchen die Gemüter zu beruhigen. Schließlich kennen sie die Wichtigkeit einer der Kämpferinnen. „Können wir helfen?“ fragen sie dezent, als ein Schwall von Worten einsetzt und das Kampfgeschehen unterbricht. Worte, die Heiner umhauen. „Ich bin Elvira von Sitzelbach-Voss und habe mir einen Schokopudding vom Büffet geholt und anschließend einen Kaffee. Mit dem Kaffee zurückkommend sehe ich wie dieser Herr sich über meinen Pudding hermacht. Nun gut, das wäre nicht so schlimm, ich kann ja einen zweiten nehmen. Als ich ihn darauf anspreche, wirft er mir einen Löffel Pudding auf meine neue Bluse und greift mir an die Brüste. Zu allem Elend lässt er dann noch seinen Kaffeebecher-inhalt auf meine Hose tropfen, aber den Höhepunkt stellt sein Griff zwischen meine Beine dar. Unerhört, so ein Casanova! Aber das Schlimmste ist die Unverfrorenheit dieser impertinenten dummen Gans, die meine hilflose Lage dazu nutzt, sich meinen Anhänger zu schnappen. Bringen Sie mich bitte auf meine Kabine und werfen Sie die beiden von Bord." Heiner sitzt auf seinem Stuhl in einer Wand von weißem Nebel. Er hört die hysterische Stimme der Dame von Sitzelbach-Voss und versteht die Welt nicht mehr.

Ich soll ihr an die Brust und zwischen die Beine gegriffen haben.
Hat die Alte einen Knall?
Eher fallen mir die Finger ab, als solch ein Suppenhuhn freiwillig zu berühren.

Ein Steward führt Frau von Sitzelbach-Voss davon und die Offiziere bemühen sich die angespannte Situation zu retten. Schließlich ist sie ein Suitengast mit monatelangem Aufenthalt. Eine Goldamsel der Reederei und damit immer im Recht. Heiner sitzt mit erstauntem Gesicht am Tisch. Er sitzt da und weiß nicht mehr weiter.

Was habe ich gemacht?
Was soll ich gemacht haben?
Irrsinn, das alles.

Alle Passagiere im Speisesaal sehen sich erstaunt die ungewollte Eskalation mit großen Augen an. Heiner steht im Fokus und weiß keinen Ausweg. Da bemerkt er ein Zupfen an seinem Hosenbein. Keiner ist zu sehen. Erst ein Blick nach unten lässt ihn einen Herrn in mittleren Jahren erblicken. "Kommen sie unauffällig nach unten und folgen sie mir." Gesagt, getan, Heiner lässt sich nach unten gleiten und robbt hinter dem Retter her.

Uff, geschafft.

Unter den freien Tischen hindurch kriechen sie zum Eingang des Speisesaals. Dort stehen die Abräumcontainer und sie können sich wieder aufrichten. Sein Retter schaut gekonnt rechts und links ins Treppenhaus und zieht Heiner mit sich. Heiner fühlt sich wie beim Militär im Manöver. Hat er schon mal bei einer Reportage gesehen.

Überlebenskampf im Krieg.
Naja, so ähnlich war es ja heute.

Sein Retter bleibt stehen und reicht ihm die Hand. „Machen Sie sich nichts draus, die alte Schreckschraube hat total überreagiert. Ich habe die Situation genau gesehen. Sie haben zwar den falschen Tisch angepeilt, aber bei dem Trubel kann das mal passieren. Und von wegen an die Brust greifen, das Pudding-Kaffeemalheur geschah durch den Schreck, den Sie Ihnen verpasst hat. Und dann das Getue mit ihrem Anhänger. Solche Klunker gehören in den Safe und nicht ans Büffet. Gestatten, ich bin Harry Welser, Major Welser – Trainer und Ausbilder im Nahkampf. In dieser Situation gibt es nur eins. Unsichtbar machen und ab! Klasse, hat ja auch prima geklappt. Sie sind einsatzfähig." Welser lacht: "Auch zum ersten Mal auf See?" Heiner stellt sich vor und weiß nicht genau, was er nun tun soll. „Komm wir gehen mal an die Bar ans Außendeck und spülen den Schreck hinunter. Auf See duzt man sich, wie beim Sport. Ist doch so?" Langsam trottet Heiner hinter Harry her. Hätte ihn ein Blitz getroffen oder wäre er beim ungezähmten Fressen geplatzt, wäre er weniger erschrocken gewesen. Langsam fährt sein Blutdruck wieder nach unten. "Darf ich dich auf einen Drink einladen, Harry? Schließlich hast du mich vor kämpfenden Furien gerettet." "Na klar," Harry studiert schon die Barkarte und entscheidet sich für einen Scotch Whisky. Heiner kippt einen doppelten Bacardi Rum runter. Buntgekleidete Menschen freuen sich des Lebens. Es wird gelacht, in der Sonne geschmort, geflirtet und abgehangen. Ein neuer Begriff für das, was Heiner jetzt tut: Nichts, sich einfach erholen. Und das kann er jetzt gut gebrauchen. Die heilende Wirkung des Rums lässt nicht lange auf sich warten, und er wird müde. Die Anzahl bequemer Liegen, teils in der Sonne, teils im Schatten, lädt zu einem kleinen Nickerchen ein. Duselig, verwirrt, angeschlagen legt er sich in den Schatten. Schluss mit Kriegsspielen, jetzt ist Pause! Heiner brummt der Kopf. Katerstimmung! Er starrt auf das blaue Wasser, atmet die würzige klare Luft ein und nickt ein. Leicht wiegen die Wellen ihn dahin.

Die Stimmen vieler Menschen dringen an sein Ohr und er überlegt, was er heute noch erleben will.

Schwimmen, vielleicht.
Schiffsinspektion?
Genau, das werde ich tun.

Er winkt einen Poolboy – also Poolkellner – zu sich und ganz weltmännisch bestellt er, mit einem lässigen „Schiff ahoi" ein Tonic Water. Der Kellner eilt davon und Heiner spürt schon den erfrischenden Effekt des perlenden Stöffchens. Es ist nicht zu fassen, auf dem kleinen Serviertablett steht neben dem Tonic eine Schale mit Eiswürfeln und, man höre und staune, zwei kleine Päckchen Ahoi Brause.

Will der mich veräppeln?

Nun, da die kleinen Tüten schon mal da sind, werde ich sie auch genießen. Voller Erwartung nimmt Heiner schon vorweg einen Eiswürfel in den Mund. Der kühle Würfel erfrischt ungemein. Das Aufreißen der kleinen grünen Tüten geht schnell von der Hand und die Mischung aus Tonic und Pulver lässt eine sprudelige Fontäne aufsteigen. Wie in früheren Jahren glänzen Heiners Augen als er einen kleinen Schaumberg in den Mund fließen lässt. An eines konnte er sich allerdings nicht mehr erinnern.

Brause gleich Bombe!

Als es Heiner wieder einfällt, ist es schon zu spät. Der Eiswürfel im Mund wird durch die aktivierte Brause wie ein Geschoss beschleunigt und schießt punktgenau aus seinem Mund. Eine ältere Dame mit kunstvoll gestecktem Haar wird zum Ziel und der eisige Würfel entschwindet in ihrem Haarteil. Nach zwei Minuten sieht Heiner, wie die Frau sich in Frotteebadetücher wickelt, weil sie sich einen aufkommenden Schüttelfrost nicht erklären kann. Der Poolboy führt sie daraufhin in ihre Kabine und tippt auf einen Sonnenstich.

Alte Menschen auf großer Fahrt.
Muss das überhaupt sein?

66

Heiner zückt seine Kabinenkarte, mit der er ab heute alles bezahlen kann, muss! Die grüne Ahoitüte beflügelt seine Erinnerung an seine Jugend. Zuhause hatten sie sie immer im Küchenschrank stehen, in allen Geschmacksrichtungen.

Grün ist Waldmeister.
Rot, mmh... hab ich vergessen, vielleicht Himbeere oder Kirsche?

Ihre Küche zuhause war recht groß und schloss sich dem Esszimmer an. Seine Mutter Hilde, von allen Hildchen gerufen, war eine wunderbare Mutter, liebevoll besorgt und stets bemüht, ihn mit Liebe und Zärtlichkeiten zu erziehen. Sie wollte immer, dass aus Heiner etwas wird. Früher sagte man das so. In ihrer Küche war Heiners Mutter eine Meisterin der guten Soßen und der feinen Konditorei. Sein Vater Emil freute sich die ganze Woche lang auf Mamas feine Kuchen. Am liebsten hätte er jeden Tag Kuchen gegessen, aber Mama disziplinierte sie, Kuchen gab es nur am Wochenende und an Feiertagen. Der wöchentliche Hausputz, das Aufräumen jeden Abend vor dem Zubettgehen, das abendliche Vorbereiten der Kleider und notwendigen Dinge für Schule oder Arbeit war bei Heiner zu Hause früher ein gewohntes Ritual.

Und es stimmt, was Mami sagt: „Wer früh die Ordnung lernt, dem fällt sie später nicht mehr schwer."
Ach, meine liebe Mami.

Es wird ihm schwer ums Herz.

Ich vermisse sie.
Sobald ich wieder zu Hause bin, fahre ich sie und Paps besuchen.
Ich rieche schon den frischen Kuchen.
Aber wie kann das sein?

Nach seinem kleinen Päuschen öffnet Heiner die Augen und tatsächlich riecht er einen feinen Duft. Ein Blick auf die Uhr, es ist Kaffeezeit. In der Cafeteria wird ein tolles Büffet mit Kuchen, Torten, Gebäck und kleinen Köstlichkeiten aufgestellt. Heiner läuft das Wasser im Munde zusammen. Kaffeeduft weht durch das Schiff. Er fühlt sich rundum wohl, denkt noch einmal an seine Mama und marschiert los.

Ich renne zur Tortenschlacht und ich werde die Tortenschlacht gewinnen. Mmmh...

Giovanni

Mit einem gefüllten Teller und einer großen Tasse dampfendem Kaffee sitzt Heiner an der Glaswand und genießt. Sich. Wie gut, dass er sich getraut hat, diese Reise zu machen. Es war ja nicht ganz freiwillig, aber sonst wäre er niemals aus seinem Trott ausgebrochen. Und nun sitzt er hier, fein gekleidet, mit den köstlichsten Dingen der Welt und genießt das Leben. Sein Leben.

Ach, wie schön, ich löffele und schaue.

Das Leben scheint ihm plötzlich wunderbar. Er hat sich noch nie so viele Gedanken über sein Wohlergehen gemacht. Über seine Arbeit ja, über sich nein.

Vielleicht sollte ich dies ja ändern, aber nichts überstürzen.

Er macht sich auf zu seiner Kabine, um sich zum Abendessen schick zu machen. Heute will er sich in einem Anzug ausgehfein machen. Silbergrau der Anzug und schwarz das feine Ausgehhemd. Die Lackschuhe sind ungewohnt und quetschen die Füße ziemlich ein. Nachdem er sich gekämmt und parfümiert hat, studiert er erneut den Schiffsplan.

Wo muss ich denn jetzt hin?

Ein Kreuzfahrtschiff ist eine Stadt, eine ungewohnte Welt. Es gibt vierzehn Decks. Heiner befindet sich auf Deck 12. Der Plan ist vierfach gefaltet, aufgeklappt eine sehr übersichtliche Sache. Mit seiner Kabinenkarte in der Tasche und dem Plan marschiert er los. Er versucht kleine Schritte zu machen, die Lackschuhe zwingen ihn dazu. Am gläsernen Aufzug wählt er die 3. Etage, das Ziel seines noch vom reichlichen Kuchengenuss gefüllten Magens. Zwei wunderschöne junge Frauen empfangen ihn vor dem Speisesaal und eine reicht ihm ihre Hand. Er bleibt abrupt stehen und schaut sie irritiert an.

Was will sie von mir?

Seine Ohren werden rot und er grinst die schöne Dame aus lauter Verlegenheit ziemlich dämlich an.

Warum ausgerechnet will sie mir die Hand geben?
Macht sie das bei jedem?
Muss ich auf der Hut sein?

Leicht nimmt sie seine Hand und gießt ihm ein farbloses Etwas in die Handfläche.

Ach so, schon wieder das Desinfektionszeugs.

Dann erklärt ihm das schöne Fräulein, jeder müsse sich die Hände vor dem Essen desinfizieren, wegen der Virusinfektionen. Heiner gehorcht und reibt es ein.

Eigentlich ein toller Service, niemand soll ja an Bord krank werden.

Dann schreitet er in den hell erleuchteten Speisesaal. Leise weht klassische Musik von einem etwas erhöht stehenden Flügel. Der Pianist hat sich in einen schwarzen Frack gehüllt und wird von vielen Augenpaaren verschlungen. Er ist ein Meister seines

70

Faches und die Melodie bringt Heiner zum Schwingen. Ein Chefkellner nimmt Heiners Kabinenkarte in Augenschein und ein weiterer führt ihn an seinen Platz an einem Tisch für sechs Personen. Zwei Damen und ein Herr sitzen bereits dort und Heiner stellt sich ihnen vor. Die Damen Lauenstein sind Mutter und Tochter und Herr Burkhard ein pensionierter Lehrer und Witwer. Nachdem Heiner ein Glas Wein und eine Flasche Mineralwasser bestellt hat, gesellen sich zwei weitere junge Damen an ihren Tisch. Sie sind gut gelaunt, lachen und kichern. Jenny und Babsi, stellen sie sich vor. Alles, was an ihrem Tisch passiert, honorieren sie mit albernem Gekicher. Die großen Speisekarten werden gebracht - Gekicher. Jeder kann sieben Gänge aussuchen- Gekicher. Die Speisen haben vornehme Namen – Gekicher.

Das geht ganz schön an die Nerven.

Der pensionierte Lehrer schaut mit zusammen gebissenen Lippen in die Speisekarte. Er kann das ungebührliche Verhalten der beiden Lachgänse nur schwer aushalten. Seit dem Tod seiner Frau hat er sich vor zwei Jahren pensionieren lassen und will nun seine trüben Gedanken und die aufkommende Langeweile des stillen Alltags auf dieser Reise mit turbulentem Leben füllen und nun sitzt er mit dem Leben an einem Tisch und schon gehen ihm Jenny und Babsi auf die Nerven. Nein, so hatte er sich die Reise nicht vorgestellt. Er will mehr Ruhe. Wäre er doch nur zu Hause geblieben. Sein Gesicht zeigt eindeutig seine gedämpfte Stimmung an, als Babsi versucht, ihn aufzuheitern. Sie erzählt vom diesjährigen Abiturstreich ihrer Schule und allmählich entspannt sich das Lehrergesicht. Die Gedanken an seine ehemaligen Schüler brechen allmählich den harten Kern und schon bald entwickelt sich ein angenehmes Gespräch am Tisch. Herr Burkhard stellt in seinem beigen Anzug mit geknöpfter Weste eine beachtliche Erscheinung dar. Er ist noch ein Gentleman der "Alten Schule" und neigt jedes Mal den Kopf, wenn er von einem Ober bedient wird.

An einem Nebentisch sitzt eine junge Familie mit zwei Kindern. Die Kinder schauen mit großen Augen in dem voll besetzten Saal umher. Man merkt ihnen die Aufregung an, sich aus einer Kinderkarte etwas auswählen zu dürfen. Die Vorfreude auf das leckere Essen ist ihnen ins Gesicht geschrieben. Sie zappeln hin und her, doch als der Ober am Tisch erscheint, herrscht ungewohnte Ruhe und respektvolles Schweigen.

Ein älteres Paar kann sich nicht auf einen gemeinsamen Rotwein einigen. Sie wählen einen guten Bordeaux aus, den sie dann wieder gegen einen leichteren Pinot Noir austauschen, es geht hin und her. Die Dame trägt ein duftiges Plisseekleid, dazu eine fein gewebte Stola. Ihre Hände glänzen vor blinkendem Schmuck, zum Glück hat sie nur 10 Finger, sonst könnte sie die Last nicht tragen. Er hingegen hat sich breitbeinig hingesetzt und beeindruckt mit stattlichem Bauch in Lederweste. Man sieht ihm die Freude über den kommenden Genuss schon förmlich an, manchmal schleckt seine verfressene Zunge ungebührlich über die wartenden Lippen. Er könnte für ein Genussdenkmal herhalten, so prall scheint er, dabei hat das Menü noch gar nicht stattgefunden.

Die Damen Lauenstein sind aus einem anderen Holz geschnitzt. Frau Lauenstein genießt die Kreuzfahrt. Sie hat einen besonders langen edlen Hals, der an einen Schwan erinnert. Ihre bunt gemusterte Bluse passt sehr gut zu dem schwingenden Rock und sie erinnert an eine mondäne Dame aus den höheren Kreisen. Sie bewegt sich in feiner Manier, doch um sie herum herrscht ein aufgeregtes Treiben. Viele Stimmen sind zu hören, vor allem die ihrer Tochter, die sich ohne die Zustimmung der Mutter seit dem Frühstück mit mehreren Gläschen Sekt in Stimmung gebracht hat, und jetzt unpassend laut redet. Sie lacht und lacht und es fällt jedem auf, was sie sich geleistet hat. Frau Lauenstein toleriert das kichernde Treiben und bewundert die schönen Kleider der vorbei gehenden Damen. Ja, eine Kreuzfahrt ist eine Modenschau auf See. Auch Herr Burkhard ist auf Augensafari und schaut hin und her. Männer mit eingezogenem Bauch, Frauen auf viel zu hohen Schuhen, Kinder mit perfekt gekämmten Haaren, alle streben dem wichtigen Ereignis entgegen.

Heiner wählt mit Bedacht ein Meer von feinsten Speisen aus und genießt jeden Gang. Der Weißwein schmeckt köstlich und Heiner bemerkt eine angenehme Leichtigkeit. Die Damen Lauenstein wollen nach dem Essen ins Theater und er schließt sich ihnen an. Nicht auszudenken, wenn ihn die wilden Hummeln an seinem Tisch gefragt hätten, mit ihnen in die Disco zu gehen. Der pensionierte Lehrer sagt jetzt nichts, geht aber in einem Abstand von zwei Metern hinter ihnen her. Nun, im verdienten Ruhestand, beobachtet er lieber, als dass er spricht. Während seiner aktiven Zeit hat er täglich zu viel sprechen müssen und nun genießt er es, einfach nichts zu sagen. Typisch alter Lehrer. Man sieht es ihm sogar an. Seinen Lebenstraum, komfortabel per Schiff durch die Welt zu streifen, natürlich mit gewohnten Pausen, hat er sich erfüllt und so genießt er seine goldenen Tage ganz unbeschwert. Ganz in Ruhe!

Die Theaterrevue ist großartig, unglaublich, überwältigend. Noch nie hat Heiner so wunderschöne Stimmen gehört und so tolle Kostüme gesehen. Der Wein gibt seines dazu und er schwebt im siebten Himmel. Fräulein Lauenstein hat sich einen Tagescocktail bestellt und beim Durchreichen von Hand zu Hand streift sie ganz leicht die seine.

Ob das Zufall war?

Nach der Show schlendert er ohne die Damen durch das Schiff und wundert sich, dass er so locker ist. Normalerweise ist er ständig verkrampft, aber hier ist alles viel besser, lockerer. Heiner bewundert die riesige Auswahl an Kostbarkeiten beim Juwelier und die schöne Kleidung in den Boutiquen. Das viele Gehen und Schauen macht ihn müde und so geht er in eine kleine Musikbar. Der Trubel um ihn herum ist groß und er will gerade einen Barhocker einnehmen, als er herumgewirbelt wird. Jenny und Babsi haken sich unter und ziehen ihn auf die Tanzfläche. Er bemerkt, dass beide ziemlich betrunken sind und denkt nur an eins, Flucht. Damit haben die beiden nicht gerechnet und er entkommt, zum Glück. Sein Herz springt und sein Puls rast. Diese verrückten Hummeln machen ihm Angst.

Es reicht.
Genug erlebt.

Heiner schleicht zu den Aufzügen und ist erst beruhigt, als er seine Kabine erreicht. Er beobachtet noch ein wenig das glatte, schwarze Meer aus seinem Fenster und schläft schnell und tief ein.

74

Die Sonne kitzelt seine Nase und er erwacht nach einer traumlosen Nacht. Ein bisschen wälzt er sich noch hin und her, schaut sich seine Kabine an und freut sich auf das Frühstück. In leichte Shorts mit passendem Poloshirt gehüllt, sucht er den Speisesaal und ohne große Probleme findet er ihn direkt.

Welch eine Fülle!

Berge von Backwaren, Wurstplatten, Käse, Obst, Kuchen. Alles was das Herz begehrt.

Wer kann sich da entscheiden?
Wer soll das alles essen?
Es gibt doch so viel Hunger in der Welt.
Sollten wir sie nicht alle einladen, diese Berge aufzuessen?

Heiner wird ein wenig traurig, wenn er darüber nachdenkt. Eine Wand mit Frühstückscerealien lockt ihn an und so isst er ein Müsli mit frischem Obst. Er entdeckt die Damen Lauenstein und setzt sich zu ihnen. Ina, die Tochter, macht einige Bilder mit ihrem Handy und Heiner bittet sie, auch von ihm mit seinem Handy einige Bilder zu machen. Eine praktische Sache, diese kleinen Wunderwerke der Technik. Einmal gefragt, ist Ina immer dann zur Stelle, wenn sie ihn entdeckt. Am Mittagsbüffet, im Schwimmbad, am Pool, auf der Sonnenliege.

Es nervt.

Am Abendbüffet versucht Heiner, sich zurückzuhalten und stellt sich bewusst ans Ende, um den aufdringlichen

Frauen nicht in die Fänge zu geraten. Ein kleiner untersetzter Herr komplett in schwarzer Kleidung füllt sich seinen Teller und verschwindet sehr schnell wieder.

Ist wohl auf der Flucht
Moment mal, da waren doch noch drei.

Später begegnet er ihnen im Spielcasino. Ein kleiner Tisch am Rande des Geschehens. Der Ältere fehlt. Die Szenerie erinnert an alte Ganovenfilme. Oder noch spannender an die richtige Mafia.

Doch wir sind ja weder in italienischen Gewässern noch in Süditalien.
Hier auf einem Luxuskreuzfahrtschiff ist man so sicher wie in Abrahams Schoß.

Am nächsten Morgen wacht Heiner schon um fünf Uhr auf und ist fit. Er entscheidet sich dazu, ein paar Runden im Schwimmbad zu drehen, auf dem oberen Deck. Es liegt ruhig und abseits der stark besuchten Pools. Keine fünf Minuten später schwimmt er sich die Seele aus dem Leib, als der kleine Mann, den er gestern am Büffet beobachtet hatte, umringt von einer Mannschaft von Bewachern erscheint und sich nach eingehender Inspektion der Lage zu Heiner ins Wasser begibt und anfängt seine Bahnen zu ziehen. Es bleibt nicht aus, dass Heiner ihn bei jeder zweiten Bahn intensiv mustern kann.

Irgendwie sieht er aus wie ein Mafiaboss in einer Abendserie. Na ja, kann er ja nichts dafür.

Damit der Fremde Heiners Gedanken nicht lesen kann, nickt er ihm leicht zu. Der Fremde quittiert Heiners freundliches Nicken mit einem Lächeln und Heiner fühlt sich gut.

Schließlich bin ich ein freundlicher Mensch und habe Urlaub. Yeah.

Die Begleiter des kleinen Mannes haben sich in verschiedene Strandkörbe verteilt und sind irgendwie unsichtbar.
Ein leichtes Grummeln zeigt Heiner die Bereitschaft seines Magens an, ein schönes reichhaltiges Frühstück einzunehmen. Er duscht sich in seiner Kabine, zieht sich ein flottes Shirt und eine kurze Hose an und schon gibt er nach. Wenn ihm sein Magen schon etwas anzeigt, warum sollte er dann nicht hören, beim Frühstück hört er sowieso sehr, sehr gern. Heute sieht sich Heiner im Marktrestaurant um und ist überrascht, dass noch nicht viele Menschen unterwegs sind.

Es ist wohl noch zu früh.

Also flaniert er gut gelaunt durch das Restaurantdeck und wird auf einen Bediensteten aufmerksam, der einen Wagen gefüllt mit köstlichen Frühstücksleckereien zu einem Aufzug fährt. Ohne sich groß Gedanken zu machen, geht er hinterher und fährt mit auf Deck 16, wo er erstaunt feststellt, dass es dort auch Kabinen gibt. Suiten nimmt er an, etwas ganz exklusives. Der Kellner klopft an eine Kabinentür und sofort schauen die Herren vom heutigen Frühschwimmen um die Ecke. Sie tuscheln sich etwas zu und schon wird Heiner von ihnen in eine riesige Kabine gezogen.

Heiner erschrickt vor so viel schwarz. Große, breitschultrige, schwarz gekleidete Hünen halten ihn am Kragen fest und schauen ihn böse an.
„Was wollen Sie von unserem Chef?" „Wer hat Sie geschickt?" „Zu wem gehören Sie?" zischen sie ihm entgegen. Also stellt sich Heiner vor und erklärt, dass ihn keiner geschickt habe. Er erzählt kurz von der Situation im Büro, als er nur mal so etwas sagen wollte und dabei diese Kreuzfahrt herausgekommen war, als er ein tiefes schallendes Lachen hört. Der kleine Herr ist in den Kabinenflur gekommen und hat mit einer kurzen Bewegung Heiners Loslassen bewirkt. Husch sind die Bewacher nach draußen geeilt und Heiner ist mit dem kleinen Herrn allein. Galant, mit freundlicher Geste, lädt ihn sein Gegenüber ein, an einem großen Glastisch Platz zu nehmen. Mittlerweile hat der Kellner den Tisch sorgfältig gedeckt und Heiner wählt auf die Frage, was er trinken möchte, einen Kaffee Crema. Der schon vom Büffet und dem Frühschwimmen bekannte Herr, stellt sich als Signore Giovanni vor. Ein wenig erleichtert ist er schon, schließlich ist er ja dem Kellner gefolgt und so in diese brisante Situation geraten. Giovanni findet seine Geschichte so wunderbar, dass er sie immer wieder erzählen muss. Giovanni prustet vor Lachen und sagt Heiner, er dürfe ihm nicht böse sein. Er hätte einige schwere Schicksalsschläge hinter sich gebracht und lebe seitdem auf diesem Schiff, um sich nun zu erholen und auch, um ein wenig alleine zu sein. Heiner erzählt nun auch aus seinem nicht so abenteuerlichen Leben, von Herrn Blumberg mit seinem großen Verlag und seiner Aufgabe im Büro. Beim Erzählen gefällt ihm seine Arbeit viel besser als er es täglich gefühlt hatte. Und so essen sie gemeinsam in Gedanken schwelgend, die vielen Leckereien, die vor ihnen aufgestellt sind. Heiner

konnte sich zuvor gar nicht vorstellen, dass es auf einem Schiff solch große Kabinen geben könnte. Oder waren es mehrere? Giovanni zeigt ihm stolz sein Urlaubsreich und Heiner erahnt langsam den Reichtum.

Eine Kabine mit separatem Schlafzimmer,
einem Esszimmer mit Glastisch,
einem Büro und einem großen Balkon mit Sitzgarnitur.
Der Wahnsinn.

Wohin die anderen Herren gegangen sind, fragt er noch, da nimmt Giovanni seine Hand und sagt: „Mein lieber Heiner, komm so oft Du willst zu mir in die Kabine und wir plaudern wieder so schön, aber frag bitte nicht so viel. Das belastet dich nur. Wir machen ja Urlaub und brauchen uns nur zu entspannen. Komm, wir trinken ein Schlückchen auf dem Balkon." Die Karte mit den möglichen Drinks scheint ihm anspruchsvoller als in den Bars.

Na ja, „Suitenkarte" halt.

Heiner trinkt noch einen „Tropical Beach" und beobachtet das Meer. Die blauen Wellen kräuseln sich leicht auf dem Wasser und er hofft, einen Delfin oder ein anderes Meerestier zu sehen. Er beginnt ein wenig zu summen und ist der Welt entrückt. Giovanni schaut unablässig auf sein Handy und zappelt auf seinem Sessel herum. Er fragt, was Heiner gerade denke und er sagt wie es ist: „An nichts." Giovannis Blick ist fragend und leicht gehetzt.

Hat er viel Stress?
Er macht doch Urlaub.

Na, mir auch egal.

Heiner genießt den wunderbaren Luxus. Giovanni wird ruhiger. Schon seit fünf Minuten hat er nicht mehr auf sein Handy geschaut. Heiners Gesicht brennt ein wenig und er verabschiedet sich, um sich einzucremen, UV50+ für sensitive Haut. Natürlich hat er alles dabei. Nach seinem Besuch in der Suite bedauert er den kleinen Mann mit dem großen Luxus. Er ist allein, da hilft auch keine Suite mit großem Balkon. Nach dem Eincremen macht sich Heiner für den Landgang fertig. Heute steht Cannes auf dem Programm. Da er dort die High-Society vermutet, legt er die gute Ausgehuniform an – schwarze Leinenhose, weißes Hemd. Den Sonnenhut aus cremefarbenem Bast nimmt er mit und hängt sich ein schwarzes Ledertäschchen um.

Es kann losgehen.
Herr Heiner gibt sich die Ehre.

Er fährt auf das höchste Deck, um das Anlegen des Schiffes zu beobachten.

Unglaublich, was die heutige Technik so alles kann.

Diesen Riesenpott kann der Kapitän nur mit einem Joystick anlegen. Leicht schwebt das Ungetüm an die Hafenmauer und zwei Mann reichen aus, die dicken Taue festzumachen.

Genial!

Heiner ist erstaunt.
Jetzt geht es los.

Er fährt mit dem Lift zu Deck 5, wo sich die „Ausflugsgruppe Cannes Stadtführung" trifft. Jenny und Babsi sitzen schon an der Theaterbar und wippen vergnügt mit den Beinen. Harry hat einen großen Cocktail vor sich und schaut versonnen in die nächste Woche. Heiner möchte heute aber lieber alleine gehen und zieht sich den Strohhut tief ins Gesicht.

Geklappt.

Mit einer Anzahl Mitreisender, aber ohne Jenny und Babsi schreitet Heiner die Gangway hinunter und fühlt sich prächtig.

Was für ein schöner Urlaubstag!
Morgens Cocktails in einer Suite und jetzt einen Besuch
in Cannes.
Und wer macht diese tolle Tour?
Ich, der stille Heiner.
Wie ist doch die Welt so schön.
Wusste ich gar nicht.

Heiner versucht seine Haltung zu optimieren und strafft die Brustmuskeln.

Klappt.

Wie ein Lebemann oder besser wohlhabender Mann schreitet er die Gangway hinab und sucht den Bus Nummer 3. Dort wartet schon ein Fremdenführer nebst Busfahrer und er sucht sich einen Platz am Fenster aus. Die Fahrt vom Hafenbereich bis in die Innenstadt dauert eine halbe Stunde. Elegant steigt Heiner aus dem klimatisierten Bus und staunt. Was für eine Überraschung! Er eilt zu dem kleinen bereitgestellten Büffet mit kühlen Getränken.

Ein absoluter Luxus, so ein Landgang.

Ein in weißer Uniform gekleideter Kellner füllt die Gläser mit etwas angenehm Schmeckendem.

Was kann das sein?
Mineralwasser mit Fruchtgeschmack?

Das Glas ist klein und steht fest in der extravaganten Dekoration aus exotischen Blumen. Ganz der Fachmann greift Heiner zu und sieht, wie zwei kleine Beeren aus dem Blumenarrangement in sein Glas springen.

Oh, wie nett.

Nach der Erfrischung flaniert die Ausflugsgruppe unter fachlicher Begleitung durch die schöne Altstadt. Heiner bewundert die herrschaftlichen Häuser, die üppig angelegten Gärten und Parks und die versteckten mediterranen Innenhöfe. Leicht schwitzt er bei der ungewohnten Wanderung und freut sich auf die versprochene Erholungspause. Auf der Terrasse eines berühmten Hotels versinken alle zur Entspannung in tiefe weiße Korbsessel und nehmen dankbar einige köstliche Canapés und prickelnden Sekt zu sich.

Wir sitzen oder liegen – je nachdem – im Paradies.

Göttin

Die mächtigen Palmen, die salzhaltige Luft, das bequeme Mobiliar, der Blick auf einen riesigen Pool, all das lässt Heiner einnicken. Ein Geräusch von perlendem, springendem Wasser öffnet seine Augen einen Spalt und er sieht eine Nixe. Ein wunderschöner, schlanker, trainierter Frauenkörper räkelt sich in den Fluten. Er kann seinen Augen nicht trauen, so schön ist dieses Wesen. In einen schwarzen Badeanzug gekleidet, umspült sie das Wasser wie silberne Fontänen. Auf ihrer linken Wade sieht man eine kleine schwarze Rose blitzen.

Ein Traum von einer Frau.
Eine Venus.

Doch bevor er sie noch weiter bestaunen kann, steigt sie aus dem Wasser und ist in dem Garten, hinter grünen Sträuchern, verschwunden. Heiner schließt noch kurz die Augen und ruht ein wenig, schon leicht vom Sekt und dem Gesehenen berauscht. Dann geht die Tour weiter zum Strand und der tollen Promenade. Die Croisette ist ein kilometerlanger Strand mit einem Strandboulevard, auf dem sich alles trifft, was Rang und Namen hat.

Und ich mittendrin.
Wer hätte an sowas gedacht?
Ich nicht.

Die Sonne strahlt, die hübsch gekleideten Menschen spazieren auf und ab und die Badegäste räkeln sich im Wasser oder auf dem Sand. Ein leichter Schauer durchflutet Heiners erhitzten Körper, es dreht sich alles vor seinen Augen und er ist froh, eine freie Bank im Schatten zu erwischen. Die Gruppe tut es ihm gleich und rastet ebenfalls.

Es ist einfach zu schön hier.

Eine zarte Hand legt sich auf seine Schulter und er hofft, es ist die Nixe aus dem Pool. Bestimmt, ich kann leider, etwas benebelt, nur die Figur der Person ausmachen. Ein ungeheures Glücksgefühl lässt ihn ihre Taille umfassen und so dreht er sich, wie mit Cousin Gustav brav geübt, im Kreis. Er sieht, dass ihn alle anstarren. Wen wundert es, wenn man solch ein Geschöpf im Arm hält. Seine Zunge beginnt verrückte Komplimente und Lieb-kosungen zu sprechen und er beginnt zu schweben. Heiner dreht sich mit seiner Nixe auf eine tonlose Musik. Er schließt seine Augen und zum ersten Mal in seinem Leben kann er sich ein Zusammensein mit einer Frau vorstellen. Er tastet sie vorsichtig ab und legt ihr zum Schluss seine linke Hand auf den Po. Dann öffnet sich für ihn der Himmel und er fällt in einen traumlosen Schlaf. Oder Koma?
Erst als ihn viele erschrockene Augen ansehen, endet sein Dämmerschlaf und er schaut direkt in ein ihm bekanntes Gesicht.

Das lange Eselsgesicht kenn ich doch.

Oh nein, es ist Elvira von Sitzelbach-Voss, die ihn liebevoll anlächelt. Mit aller Kraft gelingt es ihm, sich auf die Füße zu helfen und die Gruppe, Heiner mit Elvira an seiner Seite, marschiert zum Ausflugsbus zurück. Elvira setzt sich im Bus neben ihn und flötet ihm leise und anbiedernd ins Ohr.

„Du kleiner, schlimmer Verführer, niemals hätte ich gedacht, dass du dich so in mich verguckt hast. Als ich auf der Promenade spazieren ging und du mich so aufreizend angesehen hast, war ich zuerst verwundert. Aber als ich mich dir näherte, hast du mich mit deinen Komplimenten und Neckereien total verwirrt. Und dann der Tanz. Noch nie hat mich jemand so gekonnt und beherzt im Kreis gewirbelt, oh, da habe ich es auch gespürt, ich bin verliebt, so verliebt.”

Mir wird schlecht.
Irgendetwas dreht mir den Magen um.
Der Cocktail oder Elvira.
Ich will nur auf meine Kabine und mich hinlegen.
Cannes kann mich mal.

Heiner wälzt sich im Bett und er schwitzt. Er fühlt seinen heißen Atem und ein honigsüßer Geschmack umgibt seine pelzige Zunge.

Was ist los mit mir?
Alles beengt mich.

Doch seine Pein beginnt erst. Er hört, wie sich seine Kabinentür leise öffnet und sich ein kühler Hauch um seine Stirn legt.

Ach, wie gut.

Das kühle Lüftchen, eine Sekunde der Entspannung. „Ja, das wird dir guttun, mein kleiner Schatz.” Hört er Elvira in sein Ohr flüstern. Sie schmiegt sich an seinen heißen Körper und betastet ihn überall.

Ich kann mich nicht wehren.
Ich bin im Koma.

Neckisch knabbert sie Heiner am Ohrläppchen und rudert mit ihrem leichten, dürren Körper irgendwie auf ihn.

Oh nein, was soll das denn?

Sie öffnet seine Schlafhose und rüttelt an seinen intimsten Stellen. Zu allem Elend finde er diese Prozedur auch noch angenehm.

Wie kann das sein?
Was geht hier vor?

Elviras Bemühungen finden einen ungewollten Abschluss. Heiner ist atemlos. Sie jauchzt vor Freude und ihr eselsmäßiges Gesicht, über ihm, strahlt vor Glück. Mit einem kleinen Kuss lässt sie von ihm ab und mit einem kecken Blick über ihre Schulter, verlässt sie sein Domizil.

Oh Gott, wie furchtbar.
Und es hat mir auch noch etwas Spaß gemacht.
Ich kann nicht mehr.

Der Telefonhörer neben seinem Bett ist gut zu erreichen und er wählt die Notfallnummer. Dr. Berger meldet sich und fragt nach Heiners Wohlbefinden und wie er ihm helfen könne. Da einzige, was Heiner hervorbringen kann ist: „Retten Sie mich, eine alte Kanaille hat mich verführt, ich habe Fieber, ich sehe verschwommen, ich glaube, ich sterbe."

Dichter weißer Nebel hüllt ihn ein. Langsam öffnet Heiner die Augen und er sieht weiß. Ein weißes Wesen mit engelsgleichem Gesicht lächelt ihn an und dreht an einem Schlauch in seinem Arm.

Wo bin ich?

Das Umfeld gleicht einem Krankenzimmer und genau dort liegt er auch. Nach seinem Hilferuf hat ihn Dr. Berger mit seinem Team dorthin gebracht. Heiner fühlt sich sehr erleichtert und gerettet. Mit Schwung kommt der Schiffsdoc in das Zimmer und setzt sich an Heiners Krankenliege. "Na, junger Mann, wie war der Trip? Sie hatten eine leichte Vergiftung, ich vermute durch Rauschbeeren. Da dreht sich die Welt auf einmal ganz schön schnell. Aber mit einer oder zwei Infusionen spülen wir sie wieder fit. Bleiben sie bis heute Abend hier im Krankenzimmer, dann werden sie entlassen. Ich würde morgen keine großen Anstrengungen machen, legen sie sich an Deck in den Schatten und alles ist wieder in Ordnung." Heiner dankt dem Doktor und duselt wieder ein.

Rauschbeeren?
Wo kamen die denn her?
Und wann soll ich die gegessen haben, ich habe doch kaum was...
Der Drink.
Ja! In meinem Glas schwammen Beeren.
Die Gläser standen ja neben einer üppigen Deko aus Blüten, Obst, Grünzeug und Beeren.
Sehr wahrscheinlich sind sie einfach in mein Glas gefallen und ich habe sie einfach runtergeschluckt.
Wenn das ein Rausch war wie bei einem Joint, dann kann

ich gerne verzichten.

Etwas schwankend verlässt Heiner die Krankenstation und hofft, dass ihm seine Versicherung die € 300, die sein Aufenthalt dort gekostet hat, erstatten wird.

Ganz schön teurer Rausch!

Auf dem Weg zu seiner Kabine hat er den Verdacht, dass ihm jemand folgt. Er dreht sich einige Male um, aber es ist niemand zu sehen.

Wer sollte mich auch verfolgen?
So ein Quatsch.

Elvira, das geile Huhn

Als Heiner seine Kabine öffnen will, legt sich ein dünner Arm von hinten um seine Taille. Er erstarrt. Seine Nackenhaare stellen sich in die Luft, als er ihre Stimme an seinem Ohr hört. „Wo warst du, ich habe dich den ganzen Tag gesuch?" Elvira, der Schrecken der sieben Weltmeere, hat ihn wieder im Griff. Mit großen, verträumten Augen sieht sie ihn an. „Oh, mein Geliebter, mein Heinerlein, mein Retter, mein Alles, du hast mich verzaubert. Niemals hätte ich gedacht, dass ich nach dem Tod meines Mannes wieder so glücklich sein kann. Deshalb habe ich mir dieses Schiff ausgesucht, um im Trubel der vielen Menschen meine Einsamkeit zu überwinden. Und dann treffe ich auf dich und ein schwarzer Schleier fällt von mir ab. Ich werde mit dir die Welt erobern, die schönsten Inseln erkunden und dir die größten Städte zu Füssen legen." Heiner weiß überhaupt nicht, was er sagen soll.

Wie bin ich denn nur in diesen Wahnsinn hineingeraten? Und vor allem, wie komme ich wieder raus aus der Nummer?

"Also, mein Urlaub ist in 12 Tagen zu Ende." Sie greift ihn fester und ihre Augen haben einen irren Glanz.
„Mein ganzes Geld, meinen Titel, meine Burg, alles werde ich mit dir teilen, mein kleiner Liebling. Das Stahlwerk werde ich verkaufen, nur um dir nahe zu sein und mit dir zu reisen." Ein vollmundiger Schmatzer auf Heiners Mund soll diesen Schwur besiegeln, doch all seine Gedanken sind auf eins reduziert.

Heiner dreht sich um und rennt den Flur entlang. Elvira ist total überrascht und dreht sich erst langsam um, aber dann kommt sie in Fahrt. Schnell holt sie auf und Heiner kann ihren stoßweisen Atem spüren. Er bemerkt noch seine Schwäche, als er rechts abbiegt und in einen gerade ankommenden Aufzug springt. Die Tür schließt einige Millimeter vor Elvira und er kann entkommen.

Uff. Das war knapp.

Auf dem zwölften Deck wird gerade das schön dekorierte Marktbüffet gestürmt: Kinder, Senioren, Mütter, alle stürmen zu den ausladenden Genüssen. Heiner schnappt sich einen gewärmten weißen Teller und versucht, sich in die Fressgruppe einzuordnen. So langsam sinkt sein Blutdruck wieder in den normalen Bereich, als er sie auch schon um die Ecke kommen sieht. Gebückt schleicht er ums Büffet und ordnet sich am Salat ein. Komisch, es fällt niemanden auf, dass sein Outfit zerknittert ist und er eine ungesunde Hautfarbe hat. Nein, alle Blicke sind nur auf die Fressalien gerichtet und die Hoffnung, die besten Sachen als erstes zu erwischen. Eine anmutige Dekoration mit aus Melonen geschnitzten Blumen und aus Eis gehauenen Vasen eröffnet das vegane Buffet und er staunt über die große Kunst der Schnitzer. Aus Tomaten strahlen Sterne und er sieht zu seinem Erstaunen, wie sie ihn ansehen. Braune giftige Augen umgeben von festlichem Rot.

Elvira!
Kann ich diesem Teufel nicht entkommen?

Heiner sortiert sich schnell irgendwas auf seinen Teller, als ihm eine große grüne Olive auf den Boden fällt. Er will sie aufheben und tritt darauf. Er stellt kurz seinen Teller ab und beim Bücken nach der fetten Olive greifen ihn zwei Hände.

Oh Gott, sie hat mich erwischt!
Was soll ich tun?
Niemand soll sehen, dass mich diese Fregatte verfolgt und... Schlimmeres.

Aber es ist Babsi, zum Glück. Also ergreift er sie, und ganz, wie zu Hause beim Tanztraining mit Gustav, wirbelt er auf der Olive Runde um Runde, immer weiter weg vom Büffet. Am Ausgang des Speisesaales angekommen nutzt er die Chance, in einem der vielen Aufzüge zu verschwinden. „*Perplex*" steht in Elviras Augen geschrieben, anscheinend ahnte sie nichts von seinem Plan.

Es gibt auf einem Schiff nichts Schlimmeres als eine wilde, geile Frau, die einen verfolgt.
Denn wohin?
Es gibt kein Entkommen an Bord.
Wo kann ich mich nur verstecken?
Giovanni!
Ob ich es wagen sollte bei ihm, in seiner riesigen Suite, um Schutz zu bitten?
Asyl?

Was bleibt ihm anderes übrig, als sich ein Herz zu fassen und zu Giovanni zu gehen. Im Nu ist er an der Suite angekommen, aber er traut sich nicht zu klopfen. Braucht er auch nicht, denn Giovannis „schwarze Herren" sind immer auf der Hut und bringen ihn auf direktem Wege zu ihrem Chef. Giovanni wirkt sehr verwundert und betrachtet ihn abschätzig. Seine Stimmung scheint nicht sonderlich gut zu sein. Die Erklärung, momentan auf der Flucht zu sein und die Bitte um Schutz bringen ihn dann aber doch zum Grübeln. Hektisch rennen seine Männer an ihre Sprechfunkgeräte und leise sprechen sie hinein. Nach Minuten der totalen Anspannung entspannen sich ihre Gesichter, keine Gefahr in Sicht! Sie tuscheln mit Giovanni und sein nun zufriedener Gesichtsausdruck lässt Heiner aufatmen. Giovanni gibt sich interessiert und will die Geschichte mit Elvira nochmals ausführlich hören. Die Erwähnung ihres Reichtums, des Titels, der von ihr bewohnten Burg und des Stahlkonzerns findet bei ihm großen Anklang. Heiner bemerkt seinen Hunger und überlegt, sich etwas zu essen auf die Suite kommen zu lassen. Schließlich gibt es einen 24 Stunden Service. Neben der Wohnkabine öffnet Giovanni eine Nebentür und sie stehen in seinem Esszimmer.

Unglaublich, dieser Luxus.

Nach wenigen Minuten schiebt ein Kellner einen Wagen voller feinster Speisen an den Tisch und sie speisen gemeinsam mit Blick aufs Meer. Die Wellen wogen um ihr Speisezimmer und Heiner fühlt sich wie Gott in Frankreich. Der Genuss, gepaart mit einem so verschwenderischen Luxus, raubt ihm die Sinne und er ist froh, dass Giovanni ihm zum Nachtisch einen vorzüglichen Schnaps reicht. Williams Birne, ein Genuss! Auf die angebotene Zigarre geht Heiner auch ein, schließlich weiß er nicht, wann er so etwas Tolles wieder erleben wird.

Luxusleben auf einem Schiff der Extraklasse!
Wunderbar.
Das Leben ist ja so herrlich, wenn man das nötige Kleingeld hat.

Die Sonne versinkt im Meer und der hellrote Horizont lässt Heiner träumen. In Begleitung der schwarzen Herren kann er sicher seine Kabine erreichen, ohne von irgendwem gestört zu werden. Das Versprechen, jederzeit wieder aufgenommen zu werden, macht ihn froh und locker.

Was habe ich nicht schon alles erlebt.
Die aufregende Anreise.
Das riesige Schiff.
Diese Ansammlung der wunderbarsten Dinge.
Ich bin ein Glückskind.
Dabei habe ich mich immer als graue Maus gefühlt, und will doch nur still dabeistehen und zusehen.
Doch momentan spiele ich in jedem Akt die Hauptrolle.
Genial, wer hätte das gedacht.

Die kommenden Tage versucht Heiner Elvira nicht zu begegnen und er hat Glück. Sie scheint wie vom Erdboden verschluckt. Dabei schlendert er täglich die langen Flure des Schiffes entlang und trinkt das ein oder andere Mal mit Harry, der Begegnung der ersten Stunde, ein Bier auf dem Pooldeck. Mit den Damen Lauenstein spielt er Shuffle auf dem Bootsdeck. Die Zeit an Bord vergeht viel zu schnell und Heiner überlegt, wann er seinen Koffer wieder packen muss. Am letzten Tag ist zum Abschluss ein Galaabend geplant und er freut sich, seine feinen Sachen vom lieben Vetter auszuführen.

Ganz im Sinne eines luxuriösen Urlaubs erlaubt sich Heiner einen Besuch in der Wellnessabteilung. Die salzige Luft hat seine Haare etwas störrisch gemacht und er muss sie unbedingt schneiden lassen. Schon beim Betreten der heiligen Hallen riecht er einen wohligen Geruch nach Zitrone und Limette.

Sehr erfrischend.

Ein Heer hübsch gekleideter Männer und Frauen steht für die verschiedensten Dienste bereit. Bäder, Massagen, Schönheitsbehandlungen, Maniküre, Pediküre, Haarschnitte und vieles mehr werden einzeln oder als kostengünstiges Wellnesspaket angeboten. Heiner lässt sich das „Haarige Paket" mit Nackenmassage, Waschen, Schneiden und Gesichtsmanagement erklären und da er keinerlei teure Laster pflegt, nicht raucht und nicht trinkt, entscheidet er sich dafür.

Oh, welch ein Genuss.

Ein zartes Persönchen im asiatischen Gewand wird die Wellnessbehandlung durchführen. Sie stellt sich als Su vor, was wie „Schuh" gesprochen wird, und zeigt ihm seine Behandlungskabine an einem großen Fenster direkt über dem Wasser. Blumen schmücken den Raum und ein feiner Geruch nach Hölzern und Bäumen wabert in leichtem Airconditionerwind. Zwei kleine Rattansessel stehen um einen gläsernen Tisch, an dem

94

Heiner Platz nehmen darf. Die Asiatin begrüßt ihn nun mit gefalteten Händen, ähnlich dem Gemälde *"Die betenden Händen"* von Dürer und schenkt ihm einen grünlichen Tee mit getrockneten Blüten ein. Mit einem hölzernen Schneebesen rührt sie zuerst in seiner Tasse die Blüten so stark, dass sie am Rande hängen bleiben. Heiner nimmt etwas braunen Zucker und trinkt einen Schluck. Doch der Tee ist unglaublich heiß. Seine verbrannte Zunge spukt ihn reflexartig wieder aus und seine Finger können das glühende henkellose Porzellantässchen nirgends halten. Er versucht noch die Finger an verschiedene Stellen zu positionieren, aber nichts, scheppernd zerplatzt das asiatische Minitrinkteil auf dem glänzenden Boden. Ein böser Blick von Su sagt ihm, dass sie alle Schuld an dem Dilemma ihm alleine zuschreibt. Sie kehrt die wenigen Scherben zusammen und bittet ihn auf den bereitstehenden Frisörstuhl. Heiner versucht sich bequem hinzusetzen und sieht im Spiegel, dass sich Su die Hände mit einem Öl einreibt.

Was soll das?
Will sie mich strafen und mir das Genick brechen?
Ihr Blick lässt nichts Gutes ahnen.

Also schaut Heiner aufs Wasser und sieht den Wellen zu, die leicht schaumig an das Schiff anschlagen. Sein Körper entspannt sich und genau in diesem Moment legt Su ihm die Hände um den Hals. Heiner erschrickt und zieht wie eine Schildkröte den Hals ein. Sie lässt ihn los, um im nächsten Moment dieselbe Prozedur wieder anzuwenden. Vor Schreck über den erneuten Angriff zieht er seine Knie hoch und er sitzt wie ein Hase auf dem Coiffeurgestell. Heiner wartet.

Was wird sie nun anstellen?

Mit einem Ruck lässt sie das Kopfteil nach unten fahren und er rutscht zurück.

Ist sie von allen guten Geistern verlassen?
Nur weil ich ihr kitschiges Teeklimbim habe fallen lassen, kann sie mich doch anständig behandeln.

Su scheint von seiner Gegenwehr angestachelt und greift ihm nun von oben ans Gesicht und zieht und drückt seine Wangen in alle Richtungen. „Massage" sagt sie mit einem teuflischen Ausdruck in ihren Augen. Heiner schaudert und er wünscht sich in seiner Kabine zu sein.

Kann sie nicht einfach meine Haare stutzen und mich in Ruhe lassen?

Nein. Sie stürzt sich auf ihn und massiert sein Gesicht bis zu den Ohren. Heiner zieht wieder seinen Kopf ein, aber da setzt sie zu einem Tiefschlag auf seinen Oberkopf an. Seine Beine zucken wie bei einem Frosch rauf und runter, seine Ohren brennen von dem Öl und damit er die Folter nicht länger ansehen muss, legt sie ihm noch zwei heiße Wattepads auf die Augen. Jetzt ist sein zuckendes Auge gefragt, es lähmt durch seine akrobatischen Übungen seine Sicht. Heiner will aufspringen, aber keine Chance. Das durchtrainierte Weibsstück dreht seinen Kopf nach rechts und links und er hört seine Nackenwirbel singen. Ein fester Griff nach hinten erlaubt ihm einen Hebel zu umfassen und in seiner Not zieht er daran. Das war keine gute Idee. Der Frisörstuhl verändert schlagartig seine Form und kippt ihn mitsamt seiner Last nach hinten. Seine Beine

96

klappen nach oben und er klemmt Su zwischen sich und dem Tisch ein. Sie schreit auf und wirbelt wie wild mit den Armen hin und her.

Hoffentlich kann sie mich nicht greifen, denn ihre Strafe wird bestimmt ordentlich sein, wenn ich an das Debakel mit dem Teetässchen denke.

Heiner versucht, sich aufzuschwingen und ergreift ein Stück Stoff. Gott sei Dank, das Stuhltuch, denkt er noch, als ein lautes Reißgeräusch den hübschen Kimono in seine Hände bringt. Brüllend wie ein Tiger stürzt sich die halbnackte Su auf ihn und versucht sich die bleibenden Fetzen umzubinden. Heiner will seine Sandalen ergreifen und sich schleunigst aus dem Staub machen, als er auf dem ausgelaufenen Öl ausrutscht. Der asiatische Schneebesen verhakt sich in seinem Haupthaar und der braune Zucker dekoriert das Ganze als süßes Naschwerk. Der Lärm in der Kabine ist unüberhörbar, als sich die Tür öffnet und Heiner von einem Berg Chiffon umgerissen wird. Er sieht nur kleine Oliven an einem grünen Zweig. Heftige Ohrfeigen klatschen neben ihm auf straffer Haut und er hört das irre Kreischen von Elviras Stimme.

Was tun?
Eine wildgewordene Asiatin oder die geile Elvira?
Die Wahl zwischen Pest und Cholera.
Oh Gott, ich wollte nur zum Frisör und jetzt liege ich mitten in einer Schlacht.

So schnell er kann, krabbelt er aus der Kabine und versenkt sich leise in dem Kristallpool, der einladend vor den Saunakabinen auf Besucher wartet.

Zu spät bemerkt er, dass mit dem Kristall Eis gemeint war. Und zwar saukaltes. Doch es hilft alles nichts, er muss untertauchen und hoffen, dass beim Auftauchen die Welt wieder in Ordnung ist. Eine unglaubliche Kälte umgibt ihn und er beginnt zu zittern. Da sieht er zwei lange knochige Füße die Leiter hinabsteigen. Heiner duckt sich weiter nach unten und muss sich beherrschen die Kälte zu ertragen. Seine Augen hält er geschlossen, damit ihm das eisige Wasser nicht die Augäpfel gefrieren lässt. Eine gefühlte Tonne Gewicht stellt sich auf seinen Kopf und er kann nicht anders, er geht nach vorne weg. Eine Flutwelle treibt ihn im Schuss nach oben während neben ihm die nackte Frau Lauenstein nach unten gleitet. Hätte er doch nur seine Augen weiter geschlossen, wäre ihm viel erspart geblieben. Die dürre Frau Lauenstein war angezogen schon keine Schönheit, aber nackt konnte man sie auch im eisigen Wasser kaum ertragen. Heiner springt aus dem Bottich und hüllt sich in mehrere Badelaken ein, die griffbereit davor liegen. In der Kabine ist noch Tumult zu hören, aber er hat Glück. Ein vorbeifahrender Rollstuhlfahrer ist seine Rettung. Er ergreift den Rolli und schiebt den dankbaren Insassen zügig und mit gesenktem Haupt aus der Abteilung. Der nächste Aufzug ist seiner, und der Rollstuhlfahrer wundert sich über die abrupte Reduzierung seiner Fahrgeschwindigkeit.

Was für ein Tag!

In seiner Kabine legt sich Heiner aufs Bett und deckt sich doppelt zu. Im Schrank liegt immer eine Wolldecke für kühle Nächte und die kann er nun gut gebrauchen. Die Lust auf ein Galadinner ist ihm mit einem Schlag vergangen. Er bestellt sich eine große Canapéplatte und ein kühles Bier und bleibt einfach im Bett.

Wie schön.

In der Nacht wird die See lebendig. Leichtes Schwanken des Schiffes reiht sich in den Tanz mit Regen, Starkwind und Donnergrollen.

Oh nein, muss das in der letzten Nacht noch sein?
Morgen früh legen wir an und dann geht's zurück nach Hause.

Auf das Ausschiffen ist Heiner schon sehr gespannt.

Berge von Gepäck müssen doch vom Schiff.
Wie kriegen die das bloß hin?
Und wann?

Er liest noch einmal die Bordzeitung durch und findet den entscheidenden Hinweis: „Sämtliche Gepäckstücke der Passagiere müssen bis 2 Uhr nachts auf den Flur vor die Kabine gestellt werden."

Ach so.
Also raus aus dem Bettchen und den Koffer packen.
Die Kleider für die Rückreise lege ich auf den Sessel.
Nicht auszudenken, wenn man vergisst, etwas rauszulegen und morgens sind die Koffer weg.
Dann kann man mit dem Nachthemd von Bord gehen und in der Einschiffungshalle im Koffer nach etwas Brauchbarem suchen.
Natürlich unter den wachen Augen der Mitreisenden und dem Schmunzeln der Crew.
Also aufgepasst!

Die Heimreise erfolgt eigentlich unspektakulär, alles läuft bestens und das erholte Wohlgefühl, eine Seereise gemacht zu haben, rundet das Ganze noch ab. Nur der Engel vom Hinflug sitzt nicht neben Heiner.

Schade.

Die Freude auf die Familie, Cousin Gustav, Ilse und die Arbeitskollegen stellt sich ein.

Was habe ich alles zu erzählen?
Die Reise mit dem Schiff.
Den ungeheuerlichen Luxus.
Das feine Essen.
Ob ich die Damenwelt erwähnen sollte?
Die Damen Lauenstein und die wilde Witwe Elvira mit ihrer Burg und dem Stahlwerk.
Naja, vielleicht besser nicht.

Im Flieger sortiert Heiner die vielen Bilder auf seinem Handy, um das Ganze anschaulich machen zu können. Glücklicherweise hat ja Babsi einige Bilder von ihm gemacht und sie ihm geschickt. In den verschiedensten Situationen ist er zu sehen. Beim Essen am Büffet, beim Tanz mit Elvira, sogar beim morgendlichen Schwimmen mit Giovanni.

Hat sie mich verfolgt?

Aber leider ist das alles vorbei.
Nur die Bilder erinnern an die schöne Zeit.

Wie dankbar bin ich Gustav für die schicken Kleider.
Ich mache gar keine schlechte Figur auf den Fotos.

Zart raschelt das Seidenpapier in Heiners Handgepäck, das einen gläsernen Aschenbecher für Gustav und ein schmales Perlenarmband für Ilse enthält. Im Koffer hat er zwischen der Wäsche zwei Schiffsmodelle eingewickelt, die an seine Tollkühnheit erinnern sollen. Eins soll bei seinen Eltern und eins zu Hause in seiner Vitrine stehen.

Für den Fall, dass ich es irgendwann nicht mehr glauben kann.
Herr Heiner sticht in See!

Heiner der Held

Montagmorgen im Büro ist die Hölle los. Beim Betreten des Verlagshauses wird Heiner von dem immer elegant zurückhaltenden Pförtner mit einem Daumenhochzeichen begrüßt.

Nanu, woher kennt der solch ein Zeichen?

Im Großraumbüro gehen dann sprichwörtlich die Wogen hoch. Heiner wird gedrückt, geherzt, herumgereicht und alle wollen wissen, wie es war. Normalerweise ist ihm solch ein Getue um ihn höchst peinlich. Aber heute macht es Spaß, die Kreuzfahrt ausführlich zu beschreiben. Erstaunlicherweise muss Heiner erkennen, dass eigentlich niemand damit gerechnet hat, dass er mitfahren und nicht im letzten Moment kneifen würde.

Na bravo, alle halten mich für ein Weichei.
Wusste ich doch gleich.

Dann kann er nicht anders und gibt ein wenig an mit den Chancen bei Elvira, der reichen Stahlmogulwitwe und Burgbewohnerin und schon wiederholt sich die Situation. Er wollte ja nur ein wenig angeben, aber plötzlich reden alle durcheinander und Fragen über Fragen bringen ihn wieder in die Bredouille wie an dem Tag, als er das ADAC Magazin bekam und die Kreuzfahrt erwähnte. Elfie will wissen, ob er schon bald auf die Burg fahre und falls ich sie heiraten würde, auch dort wohnen würde. "Können wir dich dann dort besuchen? Wo liegt die Burg genau?" „Nimmst du dann den Titel ‚von Sitzelbach-Voss‘ an oder nimmt sie deinen Namen?" „Wann ist eigentlich unser Betriebsausflug?"

„Die Burg wäre doch ein tolles Ziel."

Die Detonation einer Bombe!
Die Lautstärke ist mit der in unserem Büro zu vergleichen.
Eine irre Aufregung herrscht und ich kann mich nicht mehr durchsetzen, die Wahrheit in ihrer einfachen Form zu erzählen.

Heiner erlebt einen Hexenkessel, als sich die Tür öffnet und Frau King ahnungslos erscheint, aber bald von der Macht der Geschehnisse mitgerissen wird. Er sieht sie noch davoneilen und hofft, dass sich die Aufregung bald legt. Heiner sortiert seine Post, schon in stolzerer Haltung als früher, als sein Telefon klingelt und Frau King ihn ins Chefbüro bittet.

Auch das noch.
Hoffentlich hat sie Herrn Blumberg nicht die alberne Story von Elvira erzählt.
Wie peinlich.

Aber es nutzt nichts, Heiner steigt in den Glasaufzug und fährt nach oben.

Wenn man keine Lust hat, schnell irgendwo zu sein, fliegt der Aufzug, als hätte er ein teuflisches Innenleben.

Heiner kontrolliert seinen Anzug im Spiegel und ist froh, das weiße Hemd von Gustav angezogen zu haben.

Mir war heute danach und Gott sei Dank, es hat sich gelohnt.

Die Aufzugtüren öffnen sich, und Frau King strahlt Heiner an. Sofort geleitet sie ihn ins Allerheiligste. Herr Blumberg kommt ihm mit offenen Armen entgegen und Heiner ist perplex.

Was ist denn jetzt los?

„Mein lieber Herr Kluge oder darf ich Heiner sagen, was höre ich Erstaunliches von ihnen? Der liebe junge Heiner fährt nicht nur in die Welt, nein, er entert auch noch eine der reichsten Frauen der Welt. Elvira von Sitzelbach-Voss, ich kann es kaum glauben. Es gibt fast keine Informationen über sie, ihr riesiges Vermögen und ihren Lebensstil. Alles unbekannt. Und Sie, Kluge, schnappen zu. Herzlichen Glückwunsch zu dem Goldfisch. Wusste gar nicht, dass sie eine Angel mit an Bord genommen haben?" Hahaha, Blumberg lacht amüsiert.

Wie kann ich meine Haut retten?
Was soll ich sagen?
Sämtliche Beteuerungen werden sowieso nicht geglaubt.
Also spiele ich mit.
Was kann schon passieren?

Vielleicht kann ich ihn mit ein paar Bildern von dem Thema ablenken? "Darf ich Ihnen einige Bilder vom Schiff zeigen? Es ist eine so riesige schwimmende Luxuswelt, da habe ich sie als Erinnerung gleich auf Polaroid gezaubert." Ich lächele etwas verlegen, denn Angeberei ist eigentlich nicht mein Stil. Herr Blumberg lässt ungefragt zwei Martini servieren und betrachtet die Bilder mit erwartungsvollem Gesicht. Und dann hat er sie auf dem Schirm, wie man heute neudeutsch sagen würde.

104

Elvira kaut gerade an einer Erdbeere und verdreht die Augen wie eine Kuh beim Kalben. Ihr geliebtes Chiffonkleid mit gelben Zitronenscheiben umschwebt ihre schmale Figur. Herr Blumberg scheint angetan. Ob nun von dem mediterranen Outfit oder dem stattlichen Vermögen, sei dahingestellt. Nach einigen Bildern stockt er plötzlich. Herr Blumberg dreht ein Foto in alle Richtungen und sucht in seinem Schreibtisch nach einer Lupe.

Nanu, was will er denn so genau sehen?
Ruhig bleiben.
Warten.

Seine braunen Augen starren auf ein Foto und dann sieht er mich groß an. „Kennen sie den Mann da? In der Ecke hinter dem Büffet? Ein kleinerer Mann, ganz in schwarz? Das kann doch nicht El Pacco sein? Nein, unmöglich, dass es der meist gesuchte Mafiaboss aus Sizilien ist. Er wird auf der ganzen Welt gesucht! Und dann entdecke ich ihn auf Ihren Bildern von einem Touristendampfer, niemals, unvorstellbar."
Zarte Schweißperlen rollen über seine Stirn als ihm klar wird, dass Heiner den Herrn sehr wohl persönlich kennt. Seine Geschichte vom morgendlichen Schwimmen mit Giovanni und das Gelage in seiner Suite werfen das vornehme Gebaren seines Chefs total über Bord. Er springt auf und reißt Heiner nach oben. Er drückt ihn brüderlich und für Heiners Geschmack etwas zu persönlich und sein Gesichtsausdruck wird spitzbübisch. „Heiner, mein genialer Heiner, wenn es Dir gelingt…"

Wir duzen uns anscheinend seit gerade jetzt.

„…diesen berühmten, überall gesuchten und im Untergrund lebenden Mafioso zu einem Interview zu bewegen, wäre ich ein gemachter Mann. Noch nie hat jemand die Methodik und Raffinesse seiner ausgeklügelten Ganoventaten ausspionieren können. Niemand kennt sein Quartier und jetzt ist es mir auch klar, er verkrümelt sich auf einem Schiff. Geniale Idee, da muss man erst darauf kommen. Und nun zu Ihnen oder Dir, Heiner, nutzen Sie die Bekanntschaft und bringen Sie mir ein Interview von ihm, nehmen Sie den nächsten Flieger und fliegen sie zurück. Frau King besorgt die notwendigen Papiere und Tickets und dann ab die Post, zurück aufs Schiff." Bewegt legt Herr Blumberg Heiner seine Hand auf die Schulter, es scheint ihm sehr wichtig, dieses Interview.

Also dann.
Ich verkneife mir die Frage, ob die Reise als Urlaub deklariert wird.
Bei einem so hochdramatischen Einsatz darf diese Frage nicht kommen.

Heiner setzt sich zuerst mal hin und atmet tief durch.
All das ist Neuland für ihn und er muss sich konzentrieren, um alles zu behalten.

Ich komme aus dem Urlaub und fahre nach nur einem Tag wieder zurück.
Wahnsinn!

Heiners Reaktion wird von Herrn Blumberg falsch interpretiert. Er sagt in seinem väterlichsten Ton: „Natürlich werde ich dieses außergewöhnliche Engagement eines so jungen Mitarbeiters mit einer

106

angepassten Gehaltserhöhung belohnen. Der Konkurrenzkampf der Redaktionen ist hart und unerbittlich, ein solches Interview katapultiert uns wieder weit nach vorn."

Uff, was für ein Tag.
Ich habe ja die erst Schiffsreise noch gar nicht verarbeitet.
Ich brauche noch einige Zeit, um alles zu erfassen und nun geht's schon wieder los, und das mit besserem Gehalt!
Angepasst!
Was das wohl heißen soll?
Ich bin gespannt.

Heiner trinkt den doppelten Espresso, den Frau King auf einem Glastablett serviert.

Ich sehe wohl so aus, als ob ich einen vertragen könnte.
Kann ich auch.
Einen zweiten hinterher.
Das war alles etwas viel.
Nur ab nach Hause und hinlegen.
Das muss ich erst mal verdauen.

Heiner verabschiedet sich von seinem Chef und sieht, wie Frau King telefoniert und ihn zu sich winkt. Noch bevor er das Büro verlässt, hält Heiner ein Flugticket und einen Schiffsvoucher sowie einige Papiere in der Hand.

Übermorgen geht der Flug.
Zum Glück kann ich morgen meine Sachen wieder flott machen.
Wer hätte das gedacht?

Erstaunt sieht er eine Kreditkarte auf seinen Namen und einen Gutschein für die Reinigung seiner Kleider.

Wahnsinn.
Sie hat an alles gedacht.

Auf dem Heimweg lenkt Heiner sein Auto an die Sparkasse und geht zum Geldautomaten

Jetzt bin ich aber echt gespannt!
Ich muss ja wissen, was mir mein Chef zugedacht hat.

Seine Augen werden größer und größer und Heiner muss sich anstrengen, die vielen Nullen nach der Eins zu erfassen. Herr Blumberg hat Heiner eine Karte mit €10.000,- Kreditrahmen zukommen lassen.

Alle Achtung.
Heißt das, dass ich nun über €10.000 verfügen kann,
und so viel Geld wie ich will ausgeben kann, und dazu
noch einen Kredit aufnehmen kann?
Keine Ahnung.
Soviel Geld gebe ich auf keinen Fall aus.
Ich fühle mich wie ein reicher Mann.
Super Gefühl.
Dabei mache ich mir doch gar nichts aus Geld.
Dachte ich.

Zu Hause packt Heiner den gefüllten Koffer mit Gustavs Sachen ins Auto und freut sich darauf, ihn und Ilse zu besuchen. Die Geschenke liegen auf der Rückbank. Beim Auspacken bekommt Ilse glasige Augen und ihre Freude über das Perlenarmband scheint echt. Gustav

trägt stolz seinen Aschenbecher zur Herrenecke, der
Ohrensessel mit kleinem Hocker und Rauchertischchen
steht einladend am großen Wohnzimmerfenster. Heiner
will gerade beginnen die wunderbare erlebnisreiche
Reise zu schildern, als sein Handy klingelt. Für viele
Menschen ist das eine oftmalige Erfahrung, für Heiner
nicht. Ein, zweimal die Woche meldet sich mal ein
Kollege oder Freund. Frau King ist am Apparat und will
noch einmal kurz alle Details mit Heiner klären. „Ich
denke, Sie waren etwas überfordert. Nun nochmal alles
der Reihe nach, ganz in Ruhe. Ein Taxi holt Sie also
morgens um sieben Uhr zu Hause ab und bringt Sie zum
Flughafen. Vor dem Abflug essen Sie in der Lounge ein
Frühstück.“

Keine Ahnung, was diese Lounge ist.
Egal, ich werde es finden.

„Ihr Gepäck ist dann bereits eingecheckt.“ Etwas
verlegen muss Heiner gestehen, gerade bei seinem Vetter
zu sein und ihm seine ausgeliehenen Kleidungsstücke
zurückbringen zu wollen. Seine eigene Garderobe war
für eine Kreuzfahrt nicht elegant genug.

Wie peinlich.

Frau King überlegt: „Grüßen Sie mir bitte Ihren Vetter
nebst Gattin, geben Sie Ihnen den Reinigungsgutschein
mit freundlichen Grüßen und fahren Sie morgen in die
Stadt zum Herrenausstatter Louis C. King, grüßen ihn
von mir und kleiden sich neu ein. Ich werde alles
Notwendige veranlassen.“ Gustav kommt aus dem
Staunen nicht mehr heraus. „Schon morgen fliegst Du
wieder zurück? Hast Du was liegen lassen?“

Oh Mann, ist der doof.

Ilse denkt praktisch und verabredet sich mit Heiner, um in der Stadt alles Nötige an Kleinkram zu besorgen. „Heiner, ich bin stolz auf dich, aus dir wird bestimmt noch was ganz Großes." Sie streichelt ihm dabei über den Kopf, wie bei einem Kind. Heiner ist wahnsinnig aufgeregt. Als er abends im Bett liegt, kann er immer noch nicht fassen, was gerade mit ihm passiert. Er ist auf Wolke sieben. Das Einkaufen mit Ilse stellt sich als sehr angenehm heraus. Sie ist sehr praktisch veranlagt und widerspricht dem geschniegelten Herrenausstatter ständig. Dieser hat schon auf Anraten von Frau King eine Reihe Anzüge, Jacken und Hosen rausgelegt.

Oh Gott, wie bunt!

Wäre er im Vorzelt vom Zirkus Ronnelli ausgestattet worden, hätte er sich über diese Kleidungsstücke nicht gewundert, aber diese Farbenpracht will Heiner keineswegs tragen. Zum Glück ist Ilse dabei und so haben die beiden bald eine solide Garderobe zusammengestellt.

Ich sehe aus wie ein Mann von Welt! Klasse!

Die feinen Accessoires machen das Ganze dann kreuzfahrttauglich und Heiner trägt seine gefüllten Tüten stolz zu seinem Auto. Ilse verabschiedet sich und wünscht ihm viel Spaß auf der Reise. Zum Abschluss isst Heiner noch ein Eis, in seiner kleinen Lieblingseisdiele, in der er schon vor Jahren seine Praktikumsanfrage mit Schorschi gefeiert hatte.

Was wohl aus ihm geworden ist?

Göttin

Heiners Wecker klingelt um 3 Uhr nachts und sein Auge
fängt sofort an zu zucken.

Heute geht es schon wieder auf Reisen.
Kaum dass ich zurückgekehrt bin.
Nun aber nicht als Urlauber.
Nein, ich habe eine Mission:
Ich bin zum Reporter erkoren worden.

Äußerlich sieht Heiner schon anders aus als vorher,
Gustavs Garderobe ist mit dem heutigen Outfit nicht zu
vergleichen.

Ich sehe super aus.
Wer hätte das gedacht.

Die Prozedur ist die gleiche wie schon absolviert, mit
dem Taxi zum Flughafen und dann ab nach Savona.
Heiner steigt zum zweiten Mal in seinem Leben in einen
Flieger, diesmal schon souveräner und nicht mehr so
aufgeregt. Sein Platz ist nicht am Fenster, sondern am
Gang. Nachdem er es sich gerade bequem gemacht habe,
legt sich ihm eine leichte, zart duftende Hand auf seine
Schulter. „Entschuldigen Sie Monsieur, darf ich Sie
bitten, mich durchgehen zu lassen. Ich habe den Platz am
Fenster. Merci." Heiner durchzuckt es wie ein Blitz.

Ich kenne diese Frau.
Ich habe sie schon einmal irgendwo gesehen.
Doch wo nur?

Heiner atmet ihren Duft ein und schließt die Augen.

Neben ihm versucht die Dame, aus ihrem Jackett zu steigen und dreht und wendet sich dabei. Heiner kann nicht anders und hilft ihr dezent, das Jäckchen auszuziehen. Leicht hebt sich ihr Hosenbein nach oben und Heiner erblickt eine schwarze Rose. Zierlich hebt sie sich vom kräftigen Braun ihres schlanken Beines ab. Schwarze Rose, zierliche Person – Heiner blickt durch das Kabinenfenster nach draußen in strahlendes Blau und in dem Moment fällt es ihm wieder ein.

Die Nixe im Pool vom Grandhotel!

Sein Blutdruck schießt nach oben und er wird unruhig in seinem Sessel. Die Schönheit schaut Heiner mit einem durchdringenden Blick aus ihren Rosamunde-Pilcher-Augen an und fragt mit starkem Akzent: „Alles ok, Monsieur? Ist Ihnen 'eiß? Soll ich la Stewardess rufen? Oh, Sie 'aben eine ganz rrote Gopf." In Heiner pocht ein Vulkan.

Meine Nixe.

Er will etwas sagen, aber nur sein Auge ist lebhaft und zuckt. „Nein, danke, Madame, es geht mir gut, wirklich." Sie schaut ihn sehr aufmerksam an.

Ich glaube sie versteht mich nicht.
Oh nein, was soll ich tun?
Ich darf das Gespräch nicht abreißen lassen

Heiner fängt an, einfach zu erzählen. Über seine Kreuzfahrt, den großen Verlag, seine Flucht vor Elvira. Die Nixe dreht ihren kleinen Puppenkopf in ihrem Sessel hin und her. Die grazilen Beinchen hat sie

112

übereinandergeschlagen und ihre großen blauen Kulleraugen verfolgen Heiners Geschwafel aufmerksam. „Sind Sie nicht verehelicht, Monsieur? Keine Madame, die auf Sie wartet? Das ist nicht gut. Und dann müssen Sie allein immer von Schiff zu Schiff, das ist nicht gut für einen Mann. Männer sollten nicht einsam sein, gar nicht, wenn sie so Wichtiges zu tun 'aben." Sie kramt in ihrer Handtasche und gibt ihm ein Kärtchen. „Isch bin Eloise und das ist meine Adress'. In Cannes treffen wir uns, ich 'abe keine Termine momentan." Heiner kann es nicht fassen, sie will sich mit ihm treffen.

Wahnsinn!

Das Blut rauscht ihm durch die Adern, sein Magen grummelt vor Glück und ihm geht es einfach nur gut, gut, gut.

Das Englein will sich mit mir treffen, hurra.

Da fällt Heiner ein, dass er sich noch gar nicht vorgestellt hat. „Heiner", sagt er und hält ihr seine Hand hin. „Meiner," sagt sie und lächelt mit einem umwerfenden Lächeln. „Sie gehen aber ran, zuerst mal treffen, dann wir sehen, Chérie." Sprachs, schließt die Augen und schläft ein.

Hoppla, da hat jemand was falsch verstanden.
Das werde ich in Cannes aufklären müssen wenn wir dort anlegen.

Heiner weidet sich noch einige Zeit an ihrem schlafenden Engelsgesicht und dann ist es auch schon

Zeit auszusteigen. Aufgeschreckt greift die Schöne sich ihre Tasche und will den Gang hinuntergehen, da dreht sie sich nochmals um, kommt zurück und haucht ihm einen Kuss auf seinen Mund.

„Willkommen in meine Leben, mon chérie," sagt sie leise und schon entflieht sie ihm.

Mein kleiner Engel ist verschwunden.

Am Flughafen angekommen geht Heiner zuerst in ein Restaurant. Er muss was essen und seinen trockenen Hals anfeuchten. Sein schneller Pulsschlag, sein Herzrasen, all das macht ihm zu schaffen. Er setzt sich in eine Ecke und bestellt sich ein großes Bier zur Beruhigung. Frisch gezapft drängt es die Hitze nach unten und den bestellten Masterburger verputzt er im Handumdrehen.

Ah... wie gut.

Im Shuttlebus ruht Heiner mit geschlossenen Augen und kann es noch nicht fassen, er hat ein Date.

Und das mir.

Am Schiffsterminal wird er in eine Lounge geleitet, wo gekühlte Getränke und Snacks bereitstehen.

Wie denn das?
So viel Service gab es beim letzten Mal aber nicht.
Sollte das meine Schiffskarte ausgelöst haben?

Normalerweise wartet man hinter einer Schlange Mitfahrer bis man eingecheckt hat und zum Zoll gehen

114

kann. Dann wartet man noch bis man seine Schiffskarte und die Pässe zurückhat und dann geht es ins Schiff. Aber heute ist alles besser. Und geht schneller. Eine Stewardess nimmt seinen Koffer und seinen Pass mit und drückt ihm ein Gläschen Sekt in die Hand.

Na sowas, das hätte ich nicht erwartet.
Was für ein Service.

Kurz darauf wird Heiner am Zoll vorbei in das Schiff geleitet. Da bemerkt er, wie er mit seinem neuen feinen handgenähten Lederschuh hängenbleibt. Heiner bückt sich und sieht, dass er in einen dicken Kaugummi getreten ist.

Oh nein, wie eklig.

Schnell schaut er sich um und sieht eine Visitenkarte hinter einer Abwurftonne liegen. Sie glänzt in edlem Silbergrau und trägt eine Staatsflagge darauf. Da es schnell gehen muss, ergreift er sie und schabt vorsichtig den Kaugummi von der Sohle ab. Schnell wickelt Heiner die Karte in ein Papiertaschentuch und steckt sie in seine Hosentasche. Prunkvoll erstrahlt das Foyer des Schiffs in hellem Glanz und, wie beim ersten Eintreten, ist Heiner wieder total begeistert.

Ich fühle mich so wohl, als wäre ich zu Hause.
Merkwürdig, dabei bin ich diesem Luxus gerade erst nähergekommen.

An einer Bar ordert er mit seiner glänzenden Karte einen Cocktail und setzt sich an einen kleinen Tisch. So kann er erstmal verschnaufen und das rege Treiben der ankommenden Gäste beobachten. Bestens gelaunt fährt Heiner zum siebten Deck und sucht seine Kabine. Gar nicht leicht, in diesen langen Fluren die entsprechende Kabinennummer zu finden.

Geschafft!

Heiner findet seine Unterkunft und schließt die Kabinentür auf. Nein, was für eine Überraschung erwartet ihn da! Heiner tritt in die Kabine ein und geht bis zu einer gläsernen Tür, die er mit einem Hebel öffnet und schon steht er auf einem Balkon.

Ich habe eine Balkonkabine, genial!

Wie bei seiner ersten Kreuzfahrt räumt er direkt alle seine Kleider ordentlich in den Schrank, duscht sich ausgiebig und legt sich auf das große Bett.

Diesmal kann ich durch die Glastür aufs Meer schauen. Wenn ich keinen Auftrag hätte, würde es wieder eine große Sause werden.

Nach einem kleinen Nickerchen erwacht Heiner mit großem Hunger. Also auf zum Büffet. Der Weg ist bekannt und so hat er schon nach kurzer Zeit einen Teller mit den herrlichsten Gerichten zusammengestellt. Heiner lernt auf dem Schiff die exklusive Lebensart kennen und schätzen. Noch ein dezenter Berg Köstlichkeiten vom raffinierten Nachtischbüffet und schon ist er in bester Stimmung.

Heute Abend flaniere ich erstmal am Pooldeck zwischen den Passagieren her.

Es reicht, wenn ich morgen zu Giovanni gehe.
Morgen beginnt dein Dienst, Sherlock Holmes.

Glutrot neigt sich die Sonne und küsst das Meer, der Sonnenuntergang ist fantastisch. Eine laue Nacht am Pool, zarte Musik einer Soulcombo weht von einem anderen Deck herauf und Heiner setzt sich in einen Strandkorb, der mit kuscheligen Polstern zum Verweilen einlädt.

Was für eine Nacht.

Nach tiefem Schlaf erwacht Karl-Friedrich Blumberg am frühen Montagmorgen durch den intensiven Gesang der Vögel in seinem Garten. Er hatte nachts die Verandatür offengelassen, um frische Nachtluft in seinem Schlafzimmer zu atmen. Und es hat ja auch gutgetan. Mit einem Schwung setzt er sich auf und schaut auf seine Uhr. Naja, 6 Uhr, auf, auf und rasch ans Werk. Nach kurzer Dusche folgt ein kleines Frühstück und beim Betrachten des leckeren Müslis denkt er an die von Heiner beschriebenen ausladenden Büffets auf den Kreuzfahrtschiffen.

Wie komme ich nur auf solche Gedanken? Ach ja, unser Herr Heiner stich ja heute wieder in See. Bin gespannt, ob er ein Interview zustande bringt. Wäre nur Schorschi so ein toller Junge. Was macht er überhaupt? Ich habe ihn seit Wochen nicht mehr im Verlag gesehen. Vielleicht hat er ja Urlaub. Seit er eigene Wege geht, ist er mir fremd geworden. Als seine Mutter noch lebte, war er sehr anhänglich und wir haben viel zusammen gemacht. Aber dann lief es in der Schule nicht so gut und ohne einen Abschluss konnte er nur im Verlag eine Lehre beginnen.

Das hatte ihn sehr frustriert, anscheinend wollte er Karriere machen, aber ohne Fleiß kommt man halt nicht sehr weit. Ich werde später nach ihm fragen.

Frau King holt die Personalakte Blumberg Junior aus ihrem Aktenschrank und der Senior wirkt überrascht, als er die Einträge über seinen Filius liest. Anscheinend hat sich Schorschi quasi als zukünftiger Alleinerbe einiges an Sonderurlaub und Sonderfahrten genehmigt.

Sonderfahrten? Interessant!
Ich werde meinen Burschen in der nächsten Zeit im Auge behalten müssen, vielleicht war ich zu blauäugig mit ihm, aber das kann sich schnell ändern.

Ein Cocktail reiht sich an den Nächsten. Heiner liegt entspannt auf der Liege und allein eine Handbewegung zum Ober hin reicht aus, den Himmelssaft fließen zu lassen. Beschwingt tanzen seine Zehen in den offenen Sandalen und langsam schwingen alle Körperzellen mit. Der ganze Kerl vibriert.

Madonna, was für eine tropische Nacht.

Natürlich stammen die tropischen Gefühle von den zahlreichen Cocktails, aber Heiner kennt diese Lebensfreude sonst nicht. Noch nie konnte er so relaxen. Seine Hände fühlen Eloise. Ihre zarte Haut, der kleine rosafarbene Mund, die zierlichen Schenkel, die kleine schwarze Rose, was für eine Frau.

Ob ich sie je wiedersehe?

Seine Hände fuchteln neben ihm in der Luft, da streift ein süßer Duft sein vernebeltes Hirn. Leichter Hauch nach Rosen und Vanille. Er setzt sich auf und bemerkt eine ihm ebenbürtig benebelte Dame, die ihn lachend und staunend beobachtet. "Na, auch allein, in dieser wunderbaren Tropennacht?" Und dann geschieht alles ganz wie von selbst. Sie reden und reden, lachen und albern und schließlich endet der unerwartet lustige Abend in einer Balkonkabine mit Blick auf das samtige, schwarze Meer.

Mit einem hämmernden Kopf und verschwitztem Körper erwacht Heiner neben einer ihm fremden Frau.

Oh nein, wo kommt die denn her?
Zum Glück ist es nicht Elvira.

So leise er kann, zieht er seine Kleider wieder an und sucht seine Kabinenkarte.

Alles da, jetzt nichts wie weg.

Leicht neblig suchen seine Augen das passende Deck und es dauert eine Zeit, die eigene Kabine zu finden.

Geschafft.

Rein in die Kabine und schnell unter die Dusche. Das fließende Wasser wäscht alle Rosen-Vanille Aromen ab und beruhigt den schmerzenden Kopf.

Was war denn nur mit mir los?
Was war geschehen?

Heiner kann sich an nichts erinnern. Vielleicht auch ganz gut so. Schließlich ist heute sein Tag und er will sich mit Giovanni treffen. Beim Blick aus dem Balkon sieht er die Sonne wie einen feurigen Ball ganz langsam aus dem Meer aufsteigen.

Feurig, na das passt heute.
Ich will gar nicht dran denken – an die nebulöse vergangene Nacht.
Die ist mit dem Duschwasser weggeschwemmt worden.

Langsam kleidet sich Heiner an und versucht sich das Gespräch mit Giovanni vorzustellen. Nichts gelingt in seinen Gedanken. Ihm fallen keine Fragen ein, keine Wörter. Das Gestammel in seinem Kopf klingt schrecklich.

Ich bin einfach zu schlapp, das wird heute nichts.

Also raus aus den Klamotten, rein in die Badehose, Bademantel und Schlappen an und dann ab aufs Oberdeck ins kleine Schwimmbad. Mit jeder Bahn wird sein Kopf freier und er bemerkt einen jüngeren Mann, der ihm irgendwie bekannt vorkommt. Kann aber nicht sein, denkt er und zieht seine Bahnen immer munterer und befreiter. Nach einer halben Stunde Schwimmen ist die Müdigkeit verflogen und der Magen freut sich auf ein ausgiebiges Frühstück. Heute hat Heiner einen enormen Hunger. Brötchen, Croissants und Berge von Speckeiern, Schinken und allerlei Süßem schmecken heute besonders gut.

Was für ein guter Morgen.
So kann es doch immer sein.

120

Gut gestärkt und mit schmerzfreiem Kopf.
Dann muss ich auch nicht länger warten, also auf zum
Interview.

Heute scheinen die Flure länger als sonst. Auf dem Weg
in die Suite von Giovanni trifft Heiner auf vereinzelte
Herren, die ihn unauffällig mustern.

Bestimmt sehe ich das falsch.
Was soll schon Auffälliges oder Interessantes an mir
sein?

Er hebt seine Hand, um an die Tür der Suite zu klopfen,
als diese schon ergriffen wird und er in eine kleine
Kammer gezerrt wird.

Oh Gott, was soll das?

Zwei ruppige Kolosse in Schwarz tasten ihn ab und einer
hält ihm etwas an den Hals.

Oh Gott!

Schnell durchsuchen sie seine Taschen und etwas
Kleines fällt in ihre Hand. Das Kärtchen, mit dem er den
Kaugummi abgekratzt hat. Sie nehmen es und stecken es
ein. Heiner steht wie vom Blitz getroffen.

Wo kommen diese Gorillas her und warum nehmen sie
mich auseinander?

„Name?" fragt der eine und schaut ihn bitterböse an. "Ich
bin Heiner Kluge und mit Herrn Giovanni bekannt. Ich
bin hier, um Ihn zu besuchen und mich mit ihm zu

unterhalten, ist das möglich?" Die Fleischberge unterhalten sich leise miteinander und während einer ihm zu verstehen gibt, dass er sich nicht rühren soll, schlüpft der zweite nach draußen.

Das ist wie in einem schlechten Krimi.

Nach einigen Minuten kommt der erste wieder zurück und beginnt, Heiner zu fesseln. Er will um Hilfe schreien, aber eine mächtige raue Hand legt sich umschließend auf seinen Mund.

Die werden doch Spaß verstehen:
Was machen diese Monster mit mir!

Heiner zappelt wie verrückt und versucht, die Schnüre abzustreifen. Aber es nützt nichts. Wie ein Postpaket verschnürt legen sie ihn auf den Boden und verschwinden wortlos. Heiner sieht sich um. Die Kammer ist klein und wird zur Aufbewahrung von Putzutensilien und Koffern genutzt. Und er liegt mittendrin, wie ein Putzlappen. Langsam beruhigt sich sein Puls und er kann zwischen dem zugezogenen Vorhang den blauen Himmel sehen. Schritte nähern sich. Ein großer schlanker Mann kommt in die Kammer und setzt sich ihm gegenüber. Er erkennt den jungen Mann aus dem Schwimmbad. Seine Augen kann er hinter der großen schwarzen Brille nicht erkennen, aber irgendwie wirkt er dennoch vertraut.

Schon heute Morgen erkannte ich ihn.
Aber woher?

Er hält Heiner die abgerissene Visitenkarte vor die Nase. Bedrohlich senkt er seinen Kopf und fragt nach Heiners Namen. Er stellt viele Fragen, nach dem Sinn von Heiners Erscheinen und nach der Organisation.

Hä? Was für eine Organisation?

"Ich mache eine Kreuzfahrt, und will doch nur ein Interview machen." Je mehr Heiner spricht, umso ungläubiger schaut ihn sein Gegenüber an. Er greift Heiner am Kragen und brüllt ihn an. „Überlege dir eine andere Story, sonst werfen wir dich in einen Kleidersack und schieben dich in den Intensivwaschgang. So eine Scheißgeschichte kannst du nicht einmal im Kindergarten erzählen. Lass dir was einfallen oder bete schon mal ein wenig. Heute ist für dich Endzeit, Bruder." Er lacht schallend über seine tolle Rede und lässt Heiner allein in der Kammer zurück.

Das Telefon in der Balkonkabine 90112 läutet schon zum x-ten Mal und Herr Blumberg in seinem Büro wird unruhig.

Wo treibt sich denn der Kluge rum?
Ich kann ihn einfach nicht erreichen.
Er muss doch auf diesem Schiff sein.
Muss ich mir Sorgen machen?

Frau King versucht nun im stündlichen Abstand, Heiner zu erreichen.

Giovanni sitzt mit seinen Männern am großen Tisch in der Suite. "Was erzählst Du da," raunt er den Jüngsten seiner Mannschaft an. „Eine Visitenkarte aus dem „Oval

Office", dem Präsidenten der Vereinigten Staaten und seinem engsten Team. Dachte ich mir doch, dass dieser Depp nicht ein einfacher Tourist ist." „Er war auf dem Weg zu Ihnen," erklärt Giorgio „und sprach von einem Interview, das er führen wollte."
„Interview," sagt Giovanni, "für wie blöd hält er mich. Ich weiß genau was er will und wo meine persönlichen Gegner sitzen. Sie jagen mich weltweit und ständig muss ich mir ein neues Versteck suchen, dabei schien mir die Flucht auf dieses Schiff eine grandiose Idee. Von hier aus kann ich meine Geschäfte ruhig und mit größtem Komfort leiten. Niemand wird etwas von meinen Geschäften vermuten, und die laufen wunderbar. Wie ist dieser Wurm nur auf mich gestoßen? Wer hat mich verraten? Oval Office? Das kann nur Ricky sein, dieses Schwein." Wütend rauft sich Giovanni die Haare und sein sonst so ebenmäßiges Gesicht wird zu einer teuflischen Maske.
Unbequem liegt Heiner auf dem Boden und rollt sich so gut es geht in seiner gefesselten Lage herum.

Meine Finger sterben ab und ich ersticke gleich.
Lange halte ich das nicht aus.
Scheiße, dieses verdammte Interview.

Schnelle Schritte kündigen einen nicht erwünschten Besuch an und Heiner tritt der Todesangstschweiß auf die Stirn.

Was soll ich nur machen?
Gibt es denn keine Rettung für mich?

Heiner fühlt sich wie eine Wurst in enger Pelle. Die Schnüre sind um seinen Leib gewickelt, Arme und Beine eng an den Körper stranguliert. Er rollt mit der ganzen Körperseite an die Wand und versucht sich aufzusetzen. Seine gefesselten Füße schieben den Körper fest an die Wand und mit ganzer Kraft stemmt Heiner sich an der Wand nach oben. Es klappt. Seine Haut an den Armen reibt sich auf und ein blutiger Faden rinnt an der blütenweißen Wand hinab. Mit gewaltiger Anstrengung und rasendem Herzen rutscht Heiner in den Wäscheabwurf an der Wand. Die große silberne Klappe schien die einzige Rettung. Normalerweise wird darin die Wäsche in die Wäscherei befördert, aber jetzt ist sie seine Chance. Eine Reise ins Ungewisse zwar, aber besser als erschossen allemal. Die silberne Klappe schwingt auf und eine Rutschfahrt in ein glühend heißes Rohr beginnt.

Oh Gott, wo geht es hin?

In dem engen Metallrohr rutscht das geschnürte Paket schnell nach unten und Heiner befällt ein überwältigendes Gefühl der Enge, Angst kommt auf und sein Auge zuckt wie verrückt. Seine Atemluft wird knapp. Beherrschung ist das Zauberwort, denkt Heiner.

Sollte ich mal autogenes Training versuchen?

Die Aussicht in ein wabernd kochendes Wäschebad zu fallen ist nicht gerade einladend. Doch es kommt anders als erwartet. Heiner fällt kopfüber in einen Container. Ein Meer von dreckigen weißen Betttüchern, zerknüllt und mit einer Vielzahl von Gerüchen markiert, nass und eklig, umgibt ihn. Der diensthabende vietnamesische Wäschereimitarbeiter springt entsetzt zurück, als Heiner mit Karacho landet und sofort in dem Tüchermeer versinkt. „Oh Mister, wo kommen Sie denn her? Wer hat aus Ihnen ein Päckchen geschnürt? Soll ich Sie befreien? Wie ist das passiert? Sie tun mir doch nichts?" Der Mann ist aufgeregt. Die schmalen asiatischen Augen werden groß und rund. Starr beäugt er das Menschenknäuel und beruhigt sich langsam wieder. Noch etwas ängstlich befreit er Heiner aus seiner Not und der zieht erst mal kräftig Luft. Seine Gesichtsfarbe nimmt einen grünlichen Ton an. Was für ein Tag in der sonst so monotonen Wäscherei. Schmerzlich reibt sich Heiner die geknickten Beine und streckt sich so lange wie möglich aus. Da kommt noch ein anderer Angestellter um die Ecke und betrachtet das ungewöhnliche Schauspiel. Der Chef der Wäscherei ist auf seinem täglichen Rundgang und reagiert erstaunt. „Was sollen denn diese Übungen, wollen Sie bei Herrn Wang Thai Chi lernen? Der gibt Stunden, aber nicht in der Wäscherei. Kommen sie heute Nachmittag auf Deck 5, dann lernen Sie es langsam und richtig. Herr Wang ist ein hervorragender Lehrer." Mit vielen Verbeugungen bedankt sich Heiner bei den Herren und steckt Herrn Wang einen Geldschein zu, den er in seiner Hosentasche findet. Doch die Hatz hat noch kein Ende. Gerade als er die riesige Wäscherei verlassen will, erspäht er einen der Ganoven. Mit einer Hand in der Tasche späht er vorsichtig in die großen weißen Wäschesäcke an der Wand.

Was tun?
Mich erschießen lassen oder „versehentlich" ins Wasser
fallen müssen?
Mann über Bord!
Nein, ich kämpfe.
Aber wie?

Heiner denkt angestrengt nach. Um der Gefahr erstmal zu entkommen, probiert Heiner den Griff der Tür, die er neben sich entdeckt. Sie ist unverschlossen.

Gott sei Dank.

Es ist eine Umkleide für Personal. Berge von schwarzen Kleidern, Schürzen, Häubchen liegen sorgfältig gefaltet auf Regalen. Heiner erkennt seine Chance. Er streift sich ein schwarzes Kleid über, legt die weiße Schürze dazu an und setzt etwas tollpatschig das Häubchen auf den Kopf. Wie in einer auch von weiblichem Personal genutzten Umkleide üblich, liegt eine rosa Haarbürste und verschiedene Lippenstifte auf einem Spiegelschrank. Gekonnt färbt sich Heiner die Lippen und versucht einen Kussmund.

Klappt doch.
Wenn weiblich, dann richtig.

Seine kurze Hose verschwindet unter dem Kleid, nur die Sandalen wirken grob und unpassend.

Was tun?

Mehrere Halstüchlein hängen an einem Kleiderbügel und dann hat Heiner eine Idee. Er bindet sich zwei kleine weiße Tüchlein mit dezentem Rosenmuster um die Fußgelenke und drapiert sie so geschickt, dass sie die Sandalen bedecken und kaschieren. Ein wenig Duft aus einem danebenstehenden Flacon.

Passt.

Mit ordentlichem Hüftschwung verlässt er die Kammer und sieht sich im Flur um. Niemand zu sehen. Vorsichtig geht er in Richtung der Aufzüge. Von den Verfolgern keine Spur. Schon will er aufatmen, als ihn zwei kräftige Hände von hinten packen und ihn an die Wand drücken. Er kann sich nicht wehren und wird an die mit Kunststoff bezogene Tür gedrückt. Die kräftigen Hände versuchen ganz sanft das schwarze Kleid zu betasten und wilde Lippen liebkosen seinen Hals. "Wie ist Dein Name, Chérie? Sag ihn mir, mein Liebling. Du duftest so wundervoll." Die Hände wandern auf dem Kleid umher und die Situation wird brenzlig. Heiner windet sich kokett, dreht den Kopf und flüstert „Rose." Der Bedränger atmet schwer und stöhnt „Rose. Wo ist eine Kabine frei, Du weißt es doch? Sag mir, was ich machen soll, um Dich zu besitzen?" Mit verstellter Stimme flötet Heiner „Champagner, Chérie." und haucht ein obszönes „Ohhh." „Champagner, natürlich Champagner," sagt der Angreifer, „ich fliege an die Bar und hole ihn. Wo treffen wir uns?" Heiner flötet „Kabine 1001."
Wie vom Sturm getragen braust der Widerling davon. Heiner muss sich fassen, ringt nach Atem und reißt sich das Kleid vom Leib. Nach wenigen Metern schwingt er sich in den Aufzug und es ist ihm egal, dass sich die fragenden Blicke der Insassen auf seinen Sandalen und den roten Lippen festsaugen.

Weg, nur weg.
In meine Kabine und ins Bett.
Soviel Aufregung an einem Tag kann ich nicht verkraften.

Schon von weitem hört er in seiner Kabine das Telefon klingeln.

128

Auch das noch.

Mit zitternden Fingern öffnet er die Kabine und hebt das Telefon ab. Es ist sein Chef mit aufgeregter Stimme. „Mensch Heiner, wo stecken Sie denn? Ich versuche Sie zum hundertsten Mal zu erreichen, aber Sie gehen nicht ran. Wo treiben Sie sich rum," fragt er mit Unmut in der Stimme, "Bar oder Pool?" Blumberg zeigt sich von seiner ungemütlichen Seite. Geduld ist nicht gerade sein Markenzeichen. Das ist zu diesem Zeitpunkt für Heiner zu viel auf einmal.

So ein Undank.
Der blöde Chef!
Wegen ihm mach ich doch den ganzen Scheiß.

Heiner setzt sich auf sein Bett und erzählt Blumberg aufgebracht von der Verfolgungsjagd durch die Gorillas mit abschließender versuchter Vergewaltigung als Zimmermädchen. Das ganze Drama. Dann legt er einfach auf. Zuviel wird ihm das Reden, sein Hals ist trocken, sein Magen drückt, seine Beine zittern. Er taumelt, und die Geschehnisse der letzten Stunden fordern ihren Tribut. Heiner sackt in sich zusammen, und fällt ohnmächtig auf sein Bett. Sein Schlaf ist tief und traumlos. Er wälzt sich hin und her und kann seine Augen nur schwer öffnen. Durch kleine Schlitze erkennt er etwas an seinem Bett. Im Bruchteil einer Sekunde schnellt er nach oben und sieht ein Tablett mit köstlichen Leckereien auf einem kleinen Tisch stehen. Daneben steht eine Flasche Champagner. Die einfallende Sonne lässt das Kristall blinken. Ein Ensemble wie in einem Stillleben. Neben der Flasche steht eine Karte. „Entschuldigung, ich war etwas schroff zu Ihnen. Danke, mein Bester.“

Nanu, von wem kann das sein?
Wie kommt jemand in meine Kabine?
Bin ich auch hier nicht mehr sicher?

Doch kaum gedacht, klopft es vorsichtig an der Tür und eine Stimme sagt „Housekeeping.“ Leise öffnet sich das elektronische Schloss und ein Kabinensteward schaut herein. „Herr Kluge, es ist alles in Ordnung, soll ich Ihnen sagen. Machen Sie sich keine Sorgen, alles wird gut.“ Schon ist er verschwunden. „Von wem ist die Nachricht?“ will er noch rufen, doch schon ist er wieder allein.

Na, dann wird ja hoffentlich alles seine Ordnung haben.

Was für eine merkwürdige Situation, und dann noch der unangenehme Anruf von Blumberg. Heiner starrt die Speisen an. Eigentlich hat er ja Hunger und vielleicht ist ja wirklich alles in Ordnung.

Dann mal los.

Langsam bindet er sich die gestärkte weiße Leinenserviette um und setzt sich an das bereitstehende Tischchen.

Guten Appetit, Heiner!

Seine Augen erobern den schön gedeckten Tisch. Zuerst nimmt er sich vorsichtig eine Dattel, dreht eine Traube aus der großen Rispe, spaltet eine Birne und tunkt eine Erdbeere in warme Schokoladensoße. Die Traube ist sehr groß.

Bestimmt A-Qualität.
Hmm, das schmeckt.

Und so findet nach und nach die unerwartete Feinschmeckerplatte langsam und genussvoll ihren Platz in Heiners Magen. Der Champagner stellt eine neue Herausforderung dar.

Wie öffnet man so ein Ding?

Aber auch diese Hürde nimmt der neue Gourmet mit Bravour. Man müsste dem Koch einen Stern verleihen, so fein schmecken die bunten Happen. Erdbeeren in Schokolade getaucht, Datteln mit knusprigem Speckmantel, grüne und weiße Spargelstangen gebunden mit exotischen Kräutern und Schafskäsewürfel machen das Mahl zu einem wahren Hochgenuss. Nach jedem Bissen ein Schlückchen Champagner und immer weiter bis zum letzten Krümel. Heiner legt die Serviette zusammen und räumt das kleine Tischlein auf. Ordnung ist ihm halt wichtig. So ist er eben. Zum Abschluss legt er sich wieder auf sein Bett und sieht dem Spiel der Sonnenstrahlen auf der Kabinendecke zu. Sein Bauch ist voll und seine Stimmung steigt. Vergessen sind sein Ärger und das unangenehme Telefonat.

Abschalten muss man können.

Leicht schnarchend duselt er ein. Sein Atem geht ruhig im Takt der Wellen. Heiner erwacht durch das metallene Schaben von schwerem Gerät. Taue klatschen auf Wasser und leise Befehle dringen durch die Luft.

Ach, wie gut ich geschlafen habe...

Satt und glücklich räkelt er sich in seinem Bett und kann sich fast nicht überwinden aufzustehen. Doch dann wird seine Neugier geweckt und er schwingt die Beine unter der Decke hervor. Durch das Kabinenfenster sieht er reges Treiben, das Schiff ist im Begriff anzulegen. Wie fleißige Ameisen arbeiten die Techniker und Bootsmänner an den Tauen und wie durch Zauberhand gleitet das riesige Schiff sanft an den Anleger. Es ist schon eine immense technische Leistung, einen Kahn von 320 Metern nicht nur zu steuern, sondern auch punktgenau anzulegen. Mit gespanntem Blick sieht er den Männern zu und fragt sich, wo er gerade ist. Das Schöne einer Kreuzfahrt ist doch das Erkunden fremder Länder und Städte. Die Tage auf See, an denen nicht angelegt wird, also die Seetage, sind reine Urlaubstage mit sonnen, sporteln und vor allem viel und lecker essen. Bei der stattlichen Größe der modernen Schiffe kommt auch die Bewegung nicht zu kurz. Ein flotter Spaziergang am Oberdeck an der frischen, oft windigen Seeluft, verbraucht auch viele Kalorien. Doch wer denkt dort schon an Kalorien. Eine Seereise machen viele Menschen nur einmal im Leben und dann heißt es nur „Genuss, Genuss." Schließlich macht man doch viele Fotos vom quirligen Schiffsleben, den üppigen Büffets und den mitreißenden Shows, um sie dann strahlend allen Bekannten, Kollegen und Nachbarn, ob gewollt oder ungewollt, zu präsentieren.

„Eine Seefahrt, die ist lustig, eine Seefahrt, die ist schön." trällert Heiner am Fenster, öffnet die schwere Balkontür und atmet die kühle Seeluft ein.

In der Tat, ein Genuss.

Eine Kabine mit eigenem Balkon ist schon eine feine Sache. Natürlich teuer, aber in seinem Fall, kostenlos, kann man sich daran gewöhnen. Zwei Liegestühle aus Aluminium warten neben einem kleinen Tischchen auf Sonnenhungrige. Heiner genießt die Aussicht auf eine Gebirgskette aus schwarzem Gestein. Die Stadt zu ihren Füßen ist ein exotischer Traum. Viele grüne Palmen auf schwarzem Boden sorgen mit den bunten kleinen Fischerbooten für ein herrliches Panorama. Welch ein schöner Anblick. Das geschäftige Treiben macht sofort Lust auf einen Landgang und Heiner fragt sich, wo er gerade ist.

Muss eine kanarische Insel sein.
Bestimmt Lanzarote oder Gran Canaria.
Mal in der Bordzeitung nachsehen.

Aus der Ferne nähert sich eine Kolonne blauer Polizeiwagen mit Blinklicht, aber ohne Martinshorn. Sie halten neben der Gangway und eine Armee uniformierter Männer rennen schnell und fast geräuschlos hinauf. Merkwürdigerweise sieht man keine aussteigenden Passagiere, obwohl die Busse für die Ausflüge gerade einfahren.

Ob ich einen Landgang mache?

Doch kaum gedacht, klopft es heftig und laut an seine Kabinentür. „Machen Sie bitte auf, sofort!" Heiner erschrickt.

Oh nein, sind die Gorillas wieder im Einsatz?
Es war auch bestimmt nicht schwer, meine Kabinennummer ausfindig zu machen.
Ich Idiot, wäre ich doch nur in eine andere Kabine geflüchtet.
Doch wohin?

Heiner wirft sich in ein Hemd und eine Hose, die er schnell aus dem Schrank zieht.

Es ist mir egal, was jetzt passiert.
Noch einmal halte ich diese Schikanen aus und dann verschwinde ich nach Hause.
So gern hätte ich dieses Interview gemacht, das meinem Chef so wichtig ist.
Also, noch ein einziges Mal.
Bauch rein, Brust raus und ab in die Unterwelt.

Forsch öffnet er die Tür und ist beeindruckt. Der Gang ist mit mehreren Personen verstellt. Polizei in Uniform und auch begleitende Personen lächeln ihm freundlich und ungefährlich entgegen.

Nanu, ist es eine neue Strategie?
Will man mich liebevoll einlullen?

Da erkennt er ein bekanntes Gesicht und sein Kinn fällt runter. Mit offenem Mund und ungläubigen Augen erkennt er Herrn Blumberg, seinen Chef. Dieser kommt auf ihn zu und begrüßt ihn mit Handschlag. „Mein lieber Junge, was habe ich Ihnen zugemutet? Niemals hätte ich gedacht, dass Sie diese Mafiabande aufspüren und dingfest machen. Das ist eine unglaubliche Leistung. Ich bin so stolz auf Sie, Heiner." Heiner ist perplex.

Mann, so viel Lob.
Und ehrlich gesagt, von dingfest kann doch keine Rede
sein.

Heiner staunt und ist fix und fertig. Das muss er alles
zuerst mal verkraften.

Da glaubt man, die Hölle bricht über einen herein und
dann ist man ein Held.
Was ist bloß los hier?
Warum so viel Polizei?
Und Blumberg?

Zwei Kabinenstewards quetschen sich an Heiner vorbei
in seine Kabine. „Gleich fertig, Sir," und schon ist die
Kabinentür hinter ihm geschlossen. Die Polizisten
drängen zur Eile, doch er erbittet einen Moment, bis sein
Koffer gepackt und nebst Bordtasche an ihn abgegeben
wird. Er will noch ein Trinkgeld suchen, doch einer der
Uniformierten ergreift Heiners Arm und schon schieben
sie ihn umringt von dem Uniformheer durch den Flur
Richtung Treppenhaus. Blumberg entschwindet seinem
Blick. Gefühlte tausend Treppen rennen sie mit ihm
hinunter und schieben ihn schützend umringt in eine
große Limousine.

Ein Taxi?

Der Fahrer nickt ihm zu und gibt Gas.

Wo ist Blumberg?
Warum fährt er nicht mit?

Schnell verlässt die Limousine den Hafen und rast durch die Stadt. Doch wohin und wieso? Ergeben lässt er sich in die Polster fallen und wartet auf die Klärung der ungewöhnlichen Situation. Da es etwas mit Herrn Blumberg zu tun hat, ist er auch nicht sonderlich aufgeregt, nur angespannt. Bald wird alles geklärt. Heiner öffnet seine Bordtasche und kontrolliert seine Papiere, das Flugticket und die Geldbörse.

Alles da.
Gott sei Dank.

Die bunten Häuser in der exotisch anmutenden Stadt heitern seine Stimmung auf. Schöne große Plätze, malerische Straßenzüge, grüne Gärten mit unbekannten Fruchtbäumen säumen ihren Weg. Alleen mit riesigen Palmen laden zum Verweilen ein. Zügig fährt das Auto durch die Straßen und er schaut den vorbeieilenden Menschen und spielenden Kindern zu.

Wie schön, könnte man denken.
Wäre die Lage nicht so sonderbar und mysteriös.
Wo fahren wir überhaupt hin?
Warum sagt mir niemand irgendwas?
Ich kann doch selbst bestimmen, wohin ich will.
Ich warte auf eine Gelegenheit auszusteigen.

Gesagt, getan.
An der nächsten roten Kreuzung greift Heiner sein Gepäck, öffnet die Autotür und rennt so schnell er kann die Straße hinunter und um die nächste Ecke. Zum Glück wechselt die Ampel auf grün, es erschallt ein mächtiges Hupkonzert und der Fahrer ist gezwungen, weiter zu fahren. Heiner muss erstmal einen Moment verschnau-

fen. Als er aufblickt, sieht er einen Markt mit bunten
Ständen aller Art.

Das wird meine Rettung.
Endlich kann ich gehen, wohin ich will.
Jetzt schnell zum Flughafen und das nächste Flugzeug
bringt mich endlich wieder heim.

Der Markt ist groß und bunt. Viele Händler preisen ihre
Ware an. Ob Kleider, Gemüse, Haushaltswaren, lebende
Hühner, hier breitet sich die Welt des täglichen Konsums
aus. Ein älterer Verkäufer mit Gewändern, Schuhen,
Sandalen, Hüten, Tüchern und vielen anderen
Kleidungsstücken lächelt ihn freundlich an. Er hält ihm
einige Tücher entgegen und bietet gekonnt seine Ware
an. Heiner denkt nach.

Wie komme ich unerkannt zum Flughafen?
Die Gefahr, von irgendeinem Verfolger erkannt zu
werden, ist zu groß.
Also raus aus den Klamotten und rein in eine neue
Identität.

Ein weißes Gewand mit passendem Turban, helle
Flipflops und eine bunte Sonnenbrille gehen in seinen
Besitz über, auch ein verzierter Flakon mit
Weihrauchduft wird gekauft. Heiner überlegt, wie er die
Kleider unauffällig wechseln kann und erblickt eine
Reihe von Dixie-Klos. Die abseitsstehenden Plastik-
häuschen duften ihm entgegen und er entschließt sich,
der Not gehorchend, einfach dort die Maskerade zu
beginnen. Um Zeit zu sparen, quetscht er seine
abgelegten Sachen in den Koffer und wirft seine
Lederschuhe in einen Mülleimer, sie passen nicht mehr

ins Gepäck. Bis auf die Unterwäsche entkleidet schlüpft er in das weiße Gewand und wickelt den leichten Turban um seinen Kopf, so wie der Verkäufer es ihm gezeigt hat. Die Sonnenbrille verdeckt sein Gesicht und die wenigen Tropfen des Elixiers geben ihm eine ungewohnte orientalische Note. Zum Glück schenkt ihm niemand Beachtung, als er torkelnd in den ungewohnten Flipflops wieder zurück auf den Markt geht.

Meine Chancen stehen besser, wenn ich in der bunten Umgebung untertauche.

Da erblickt er eine Ansammlung schnatternder Frauen mit Körben auf dem Rücken und Hühnern in kleinen Käfigen, die anscheinend auf etwas warten.

Natürlich, auf einen Bus.
Klasse!
Das ist meine Rettung.

Heiner watschelt auf die Gruppe zu. Noch ist kein Bus in Sicht. Er bleibt bei einem Obstverkäufer stehen, denn so langsam meldet sich sein Magen. Da kommt das Obst gerade recht. Der Stress und die Aufregung machen Appetit, doch wo soll er das frisch Geschnittene hintun? Der Verkäufer ahnt es und reicht ihm ein verbeultes altes Tellerchen. Die saftigen Früchte schnippelt er kunstvoll darauf und nennt Namen, die Heiner noch nie gehört hat.

Was für ein Genuss!

Der Saft der herrlichen Früchte läuft ihm aus dem Mund und er muss ungeheuer aufpassen, sein neues Outfit nicht zu bekleckern. Wäre er auf dem Kreuzfahrtschiff mit seinen immer bereitstehenden Leckereien, würde das Obst ihm vielleicht nicht so gut schmecken. Aber jetzt ist es eine Wonne. Genüsslich leckt er seine Finger ab.

In ungewohnten Situationen muss man ungewohnte Methoden anwenden.

Heiner saugt den restlichen Saft von dem kleinen Tellerchen. Mit seinem Koffer und der umgehängten Tasche stellt er sich zu den redseligen Frauen dazu, die schlagartig aufhören zu palavern. Sie schauen ihn bedauernd an, suchen in ihren Taschen und legen ihm einige Geldstücke auf sein Tellerchen, das er neben seinen Koffer gestellt hat. Heiner bleibt die Spucke weg.

Sie haben mir Geld geschenkt, weil sie mich für einen armen Bettelmönch halten, unglaublich.

Was sind das für wunderbare Menschen, die einfach etwas abgeben, obwohl sie selbst nicht viel haben. Heiner steigen die Tränen in die Augen. Berührt von ihrer Güte lächelt er die Frauen an und verneigt sich leicht vor ihnen. Eine dicke alte Bäuerin sieht es und klopft ihm aufmunternd auf den Rücken. Sie schaut ihn mit gütigen braunen Augen an und lächelt ihm zu. Dann dreht sie sich zu den anderen um und schon geht das Geschwätz weiter, sie beachten ihn nicht mehr.
Ein alter wackeliger Bus nähert sich mit brummendem Motor und Heiner steigt mit den Frauen ein. Er hält sein Tellerchen wie eine Siegestrophäe vor sich hin und strahlt glücklich und beschämt zugleich. Der Lärmpegel steigt, die Frauen treffen auf schon mitfahrende Bekannte und es wird geredet, gelacht und gerufen. Über dem Fenster an der Bustür hängt ein Metallschild mit

dem Plan der anzufahrenden Stationen.
Heiner kann es kaum fassen, als er am Ende einer langen
Reihe von Namen, den Halt „*Aeroporto*" liest.

Es ist ein Wunder.
Dieser Bus fährt tatsächlich zum Flughafen!
Das ist meine Chance, nach Hause zu fliegen, oder
besser gesagt, zu fliehen.

Heiner ist unendlich erleichtert. Er sinkt in das alte
zerschlissene Polster zurück und schließt die Augen.

Hoffentlich schlafe ich jetzt nicht ein, nach dem ganzen
Stress.

Die Szenarien rasen durch seinen Kopf und er erlebt
alles noch einmal im Schnelldurchgang.

Doch wo ist Herr Blumberg?
Wieso war er auf dem Schiff?
Wir hatten doch noch vorher telefoniert.
Oder war das schon am Tag davor?

Heiner setzt sich auf und ist plötzlich wieder voll da.

Ich habe ihn doch auf dem Schiff gesehen oder war das
eine Fata Morgana?
Mittlerweile bin ich nur noch verwirrt.
Mein ruhiges, einfaches, normales Leben ist zu einem
Krimi geworden.
Hätte ich vorher gewusst, was da alles auf mich
zukommen wird, ich hätte mich vergraben oder
versteckt.
Doch es nutzt nichts, ich muss jetzt da durch.

140

*Ob mit dem Chef oder ohne, ich haue ab.
Hoffentlich gibt es wenigstens keine Schwierigkeiten am
Flughafen.*

Indische Hochzeit

Mein neues Outfit wird doch wohl keine Rolle spielen und erkennen kann mich eh niemand.

Die Haltestelle am Flughafen wird nur von Heiner genutzt. Alle anderen sind schon ausgestiegen.

Wären doch diese Sandalen nur fester.
Beim Gehen hat man einfach keinen Halt.
Ständig rutschen die Füße rechts und links von der Sohle weg.
Man ist es einfach nicht gewohnt in diesen Satansschlappen zu gehen.
Und dieses Ding zwischen den Zehen!
Was für ein Sadist hat sich das denn ausgedacht?
Aua!
Dieser Schmerz!
Aber es muss gehen.
Wenn ich bloß nicht hinfalle!

Der Eingang des Flughafens kommt bedrohlich näher. Heiners Herz schlägt so laut, dass er seinen Puls in den Ohren fühlt. Heiner versucht, sich mit tiefem Luftholen zu entspannen. Das linke Auge verkneift sich ein Zucken.

Egal, ich gehe jetzt hinein.

An der Eingangstür stehen Soldaten mit Maschinenpistolen und Polizisten patrouillieren in der sich anschließenden großen Halle.

Sein Blutdruck steigt und er schaut sich unruhig um. Getöse und Böllerschüsse auf dem Vorplatz, dann laute Musik und Rufe. Die Zufahrt vor dem Eingang ist völlig zugeparkt von großen Autos und einer langen Limousine. Aus allen Autos steigen Menschen aus, eine riesige Traube bildet sich um ein Paar herum. Da sieht Heiner eine Braut. Es ist eine Hochzeitsgesellschaft, die das Brautpaar unter Jubel, Gesängen und Geschrei verabschiedet. Die Brautjungfern in ihren langen weißen Kleidern tragen die meterlange Schleppe und Heiner sieht seine Chance. Er greift nach einem Rosenbouquet auf einem kleinen Tischchen, hält kurz die Luft an und ordnet sich dann schwingend und tanzend in den Reigen. In seinem weißen Gewand fällt er inmitten der Hochzeitsgesellschaft nicht sonderlich auf. Einige Gäste nehmen ihn an der Hand und beginnen einen Tanz um das Brautpaar. Sie lachen und singen, trillern in hohen Tönen, dabei schwingen sie gekonnt die Hüften, beugen sich nach vorne, um sofort wieder nach hinten zu wippen. Die weiße Menschenschlange nähert sich den Wachtposten und Heiner rutscht das Herz in die Hose. Sein Atem geht schneller, sein Puls rast vor Aufregung.

Gekonnt wackelt er mit seinem Kopf und gleicht mehr einem Schlangenbeschwörer als einem Tänzer.

Nur nicht umfallen.

Leicht geht er in die Knie, als er den Knauf einer Maschinenpistole neben seinem Kopf erspäht. Kalt und präzise, angsteinflößend, vernichtend schaut ihm ein schwarzhaariger Wachmann fest in die Augen. Regungslos, ohne Wimpernschlag, Aug in Aug. Langsam will sich der Nebel der Ohnmacht über ihn senken, als kräftige Arme ihn packen und rechts und links unterhaken. Ein Aufschrei entfährt seinem trockenen Mund und seine Glieder verkrampfen sich. Seine Augäpfel rollen nach oben, die Lider zucken. Doch zu spät.

Sie haben mich!

Die Macht der überlegenen Muskelkraft darf man nie unterschätzen, ich bin ihr willenlos ausgeliefert. Heiner erwartet Schreckliches. Er spürt, wie auf dem Schiff zuvor, den festen Griff bis ins tiefe Fleisch. Sie heben ihn zu zweit hoch und tragen ihn zu dem offenen Abflugschalter, setzen ihn auf ein stehendes Gepäckband. Dabei lachen sie und reden laut miteinander. Heiner versteht nur das Wort "Hippie." Freundlich klatscht ihm der Bewaffnete auf den Rücken und setzt mit seinem Kollegen seinen Rundgang fort. Die Hochzeitsgesellschaft ist auch schon am Check-In. Heiner hat den Schalter seiner Airline erreicht, es gab keine Komplikationen. Der Schalter liegt direkt am Anfang der Abfertigung und während die freundliche Stewardess sein Ticket und den Reisepass studiert, schwebt sein Koffer auf einem fahrenden Band davon.

Wie einfach.

„Ihr Flug geht um 14.15 Uhr nach Frankfurt, da haben Sie aber Glück gehabt, wenn Sie sich beeilen, kommen Sie noch mit." So schnell er kann rennt Hippie Heiner zum Gate und kann sofort einsteigen. Alle anderen sitzen schon.

Na, wenn das kein Glück ist.
Endlich in Sicherheit.
Endlich nach Hause fahren.
Endlich aufatmen können.

Ein rumpelndes Gurgeln entweicht seinem Magen.

Hunger!

Nach diesem lebensgefährlichen Abenteuer meldet sich sein verfressenes Inneres und will endlich etwas essen. Zum Glück stolziert eine hochgewachsene Stewardess mit einem gefüllten Essenswagen heran.

Rettung!

Nach einem Imbiss, der von ihr lächelnd serviert wird, legt sich Heiner gemütlich in seinen Sitz zurück und versucht, das Geschehene erst einmal zu verstehen. Aber alles Nachdenken hilft nicht, nichts ergibt einen Sinn. Vor lauter Nachdenken, und nach all der Aufregung schläft er einfach ein. Als er die Augen öffnet, muss er sich zuerst einmal erinnern, wo er gerade ist, und was los war.

Gott sei Dank, bald bin ich zu Hause!

Auf der Flugzeugtoilette versucht Heiner, mit Wasser, Kamm und Gel aus seiner Bordtasche seine zerzausten Haare zu ordnen. Unter dem Turban haben sie ganz schön gelitten. Wenigstens auf dem Kopf sieht er nun wieder so aus wie früher. Eine Flugbegleiterin rollt mit einem Wägelchen durch den Flur, auf dem Parfüm, Alkohol, Cremes und diverse Schönheitsartikel angeboten werden. „Haben Sie auch eine Hose und ein Hemd im Angebot? Ich bräuchte dringend was anderes zum Anziehen," fragt Heiner leise. *"Ich habe mich auch schon gewundert, als Sie in diesem originellen Gewand eingestiegen sind, ich dachte Sie hätten vielleicht eine Wette verloren. Aber über Geschmack lässt sich streiten."* „Mir ist mein Kleidersack abhanden- gekommen und aus der Not heraus kaufte ich mir, was gerade auf einem Wochenmarkt angeboten wurde." *„Das ist Ihnen aber gelungen. Ich sehe mal nach, es müsste noch ein Sportanzug da sein, den heute Morgen ein Fußballverein hat liegen lassen. Er lag unter einem Sitz. Ich schaue mal für Sie nach."*
Der neue blaue Sportanzug passt gut und Heiner verspricht, ihn unverzüglich im Flughafen beim Service abzugeben, sobald er sich in der Passage mit neuen Kleidern versorgt hat. „Da können Sie sich auf mich verlassen," sagt Heiner und freut sich, unauffällig den Flieger verlassen zu können.

Nur schnell nach Hause.
Und heil, alle Glieder sind noch dran.

Im Taxi überfällt ihn ein merkwürdiges Gefühl, seine Verfolgungsjagd im Taxi vorhin, die vermeintliche

146

Festnahme, all das steckt ihm noch in den Knochen. Der Taxifahrer beäugt ihn auffällig und sagt in schönstem Frankfurter Dialekt: "Na Meister, haben Se schon heute in die Zeitung jeguckt, Sie sind doch der Held vom Kreuzfahrtschiff. Alle Achtung, das war ein super Coup."

Wie bitte?
Ein Held?
Ich?

Der Fahrer reicht ihm eine Tageszeitung nach hinten und nickt ihm aufmunternd zu. „*Wär ich aach enmol gern.*" Heiner liest und staunt nicht schlecht. Sein Bild prangt von der Titelseite „*Held vom Traumschiff zerschlägt Mafiaring. Weltweit gesuchter Mafioso versteckt sich jahrelang auf einem Luxusdampfer. Verleger deckt auf.*" Heiners Augen weiten sich. Reißerisch steht sein Erlebnis in dicken schwarzen Lettern vor ihm. Giovanni wurde verhaftet, seine schwarze Wachmannschaft mit. Als er von Waffenschmuggel, Rauschgift und Menschenhandel liest, wird ihm die Gefahr, in der er sich befand, ganz bewusst.

Ich hatte ja ein Mordsglück, mit dem Leben davon gekommen zu sein.
Diese Gauner schrecken ja vor nichts zurück.

Er legt die Zeitung zurück und hört seinen Puls schlagen. Ihm wird schwindlig und er sackt leicht zusammen. Nach seiner Ankunft zu Hause hat er nur noch einen Wunsch: ab ins Bett. Doch sein Wunsch wird ihm nicht gewährt. Beim Aufsperren seiner Haustür braucht er nur einmal zu drehen.

Nanu, ich sperre doch immer zweimal ab.

Beim Betreten schlägt ihm der Duft von frischem Kaffee entgegen. Frau King steht hinter dem Sessel, auf dem Herr Blumberg Platz genommen hat. Eine Platte mit Kuchen und Schnittchen steht bereit und Heiner bleibt der Mund offen stehen.

Was ist denn hier los?

Herr Blumberg steht auf, sieht Heiner tief in die Augen und drückt ihn an sich. „Mein lieber Sohn, lieber Heiner, was habe ich von Ihnen verlangt. Wie konnte ich Sie nur in diese Gefahr bringen? Verzeihen Sie mir." Herr Blumberg hat Tränen in den Augen. Geräuschlos verlässt Frau King den Raum und Heiner ist mit Blumberg allein. Sie setzen sich an den gedeckten Tisch und Blumberg schenkt Kaffee ein.

Was für eine Ehre, bedient zu werden vom Chef.

Heiner sucht sich artig ein Stück Torte aus und merkt, dass Herr Blumberg wohl noch etwas auf dem Herzen hat. Sie essen und trinken schweigend, bis Blumberg das Wort ergreift. „Lieber Heiner, die letzten 48 Stunden waren die schwersten meines Lebens. Als meine Frau verstarb, dachte ich, es sei das Schlimmste der Welt. Niemals könnte mich etwas so treffen. Doch weit gefehlt. Als die Polizei mich anrief und mir von der Verhaftung des Mafiabosses und der lebensgefährlichen Hetzjagd von Ihnen erzählte, war ich geschockt. Vor allem als sich herausstellte, dass seine „rechte Hand" ein mir bekannter und geliebter Mensch war. Mein Sohn Georg. Ich wusste ja, dass er nie der Fleißigste war. Die

148

Arbeit im Verlag hat ihm keinen Spaß gemacht und ich vermutete schon lange, dass er in schlechte Kreise geraten war. Seit zwei Jahren ließ er sich selten in der Redaktion blicken und redete ständig von Auslandsgeschäften und ich habe ihm vertraut. Seit dem Tod meiner Frau habe ich mich in die Arbeit gestürzt und wollte ihm freie Hand lassen. Ich dachte, es täte ihm gut. Nach dem Anruf der Polizei habe ich mir sein Arbeitsfeld mal genauer angeschaut, er arbeitete ja oft im Lager! Sein Schreibtisch war sehr oft leer, nur eine Fassade. Ich habe meinen Buchhalter beauftragt, seine Geschäfte zu durchleuchten, hoffentlich hat er den Verlag nicht für seine kriminellen Geschäfte genutzt. Es bricht mir das Herz, aber ich habe mich dazu entschlossen, die Verbindung mit ihm auf Eis zu legen. Vielleicht für immer." Blumberg atmet schwer und wirkt ohne Kraft. Sie essen weiter und Heiner möchte etwas Freundliches tun. Sein Gegenüber scheint in seiner Trauer untröstlich zu sein. Ohne lange zu überlegen geht er zu seinem Bett, nimmt seinen Teddy Bärli und legt ihn Blumberg in den Arm. „Ich weiß, es sieht kindisch aus, aber wenn ich Probleme habe oder Angst, dann weiß er immer Rat." Blumberg sieht ihn fassungslos an. Wie bitte? Er, der große Boss, und ein Stofftier. Seine Gedanken rasen, dann legt er seine Hand auf das zarte plüschige Fell und fängt hemmungslos an zu weinen. So hat Heiner seinen Chef natürlich noch nie gesehen. Ein trauriger alter Mann lässt alle Hemmungen fallen und streichelt liebevoll den alten Bären. Heiner sitzt still daneben und lässt ihn gewähren. Bärli auch. Er ist viel gewohnt. Nach einigen Minuten bemerkt Heiner eine unglaubliche Wandlung. Blumbergs Kräfte kommen zurück, seine Gestalt wirkt wieder dynamisch und er setzt ganz sanft Bärli auf das Sofa zurück. Er holt tief

Luft und sagt: „Ich hoffe, Sie können mir meine Entgleisung verzeihen. In den letzten Jahren hat sich so viel in mir angestaut, dank Ihnen haben die Tränen meine Seele erleichtert. Ich fühle mich entlastet. Danke, Heiner." Herr Blumberg steht auf, drückt Heiner nochmal die Hand und geht. Tiefe Stille. Tausend Gefühle.

Heiner legt sich auf sein Bett. In seinem Kopf schwirren so viele Gedanken, dass er sich erst einmal ausruhen muss, um das Erlebte zu verarbeiten. Erleichtert und entspannt schläft Heiner endlich ein. Ruhe ist jetzt die beste Medizin.

Am nächsten Morgen klingelt sehr früh das Telefon und Frau King weckt ihn aus dem Schlaf. „Guten Morgen, hier ist Frau King. Ich soll Ihnen von Herrn Blumberg ausrichten, dass Sie ab sofort einen Sonderurlaub antreten werden. Lassen Sie sich Zeit, um sich zu erholen, gehen Sie viel spazieren, schlafen Sie viel und melden Sie sich bitte alle zwei, drei Tage bei mir. Ich möchte immer wissen, wie es Ihnen geht. Wenn Sie etwas benötigen, Hilfe brauchen, bin ich jederzeit für Sie da. Offiziell führen wir Sie als krankgeschrieben. Ihr Gehalt sowie Ihre gesetzlichen Urlaubstage laufen weiter und sind nicht davon betroffen. Alle Rechnungen der kommenden Tage, wie Essengehen, Kino, Eintritte in Parks und Thermen, Taxi oder was auch immer reichen Sie mir bitte unbürokratisch ein. Ich hoffe, Sie können das Erlebte verdauen und sich wieder in ein normales Leben einordnen. Herrn Blumberg ist es sehr wichtig, dass es Ihnen gut geht. Er wartet noch ab, wie es mit dem Verfahren seines Sohnes weiter geht und wird sich dann bei Ihnen melden."

150

Heiße Liebe, kalter Norden

"Alles Gute für Sie. Sie sind ein Held", sagt Frau King, dann legt sie auf.

Ein Held.
Ich fass es nicht.

Die nächsten Tage verlaufen wie befohlen. Morgens nach dem Frühstück geht's in den Park. Zu Fuß. Ungewohnt. Zuerst wird eine kleine Strecke schnell gegangen, dann kriechend langsam. Überall ist es wunderbar grün. Und duftend. Heiners Blick wird immer tiefer. Er sieht nach einigen Tagen immer mehr. Einzelne Blümchen auf der Wiese, zwitschernde Vögel in den Hecken, summende Bienen auf den Blüten. Nach und nach gesellen sich Blumenrabatten dazu. Seine neu gewonnene Freizeit gibt ihm viel Zeit zum Nachdenken. Der Trubel auf dem Schiff hatte auch ohne Giovanni bei Heiner schon für Furore gesorgt, aber so. Heiner atmet durch. Zum Glück war alles weit weg, nur noch ein Traum. Aber spannend, irgendwie. Ein weiterer Teil seiner Therapie ist der Besuch des Schwimmbads. Anfangs schafft er zwölf Bahnen, nach ein paar Wochen vierzig. Das tägliche Training macht Heiner viel Spaß und abends geht er gerne mit Gustav und Ilse ins Kino. Auf einen Absacker geht es dann noch ins Gasthaus, und um den gut zu verkraften, essen sie zusammen etwas Leckeres von der gut gefüllten Speisekarte. Hausmannskost vom Feinsten. So vergehen die schönen Tage und Heiner genießt es, sich in seiner neu gewonnenen Freizeit mit Reportagen über Natur und Umwelt zu befassen. Am Spannendsten sind für ihn die Polarlichter. Aurora Borealis. Himmelserscheinungen am Polarhimmel in unglaublichen Farben. Gleißende Farbschattierungen in Spektralfarben rauben einem bei gefühlten hundert Grad unter Null den Atem.

Dieser Farbenrausch!
Naja, wer kann sich schon so ein Abenteuer leisten?

Nach zwei Wochen meldet ihm Frau King, Herr Blumberg wolle sich gerne mit ihm im Restaurant „Frankfurter Hof" treffen.

Oh, wie schön.

Heiners Freude, Herrn Blumberg wieder zu treffen, ist echt. Er mag seinen Chef. Und dann in so einem noblen Restaurant, Heiner freut sich. Am Abend des Treffens wird Heiner von Blumbergs Chauffeur abgeholt. Sein neuer Kleidungsstil ist legerer geworden. Kein steifer Anzug, sondern eine sportliche Kombi. Modern und schick. Gerne erinnert er sich daran, wie er früher aus dem Busfenster die reichen Leute bewundert hatte, die abends in das erleuchtete Haus flanierten.

Und nun...
Nun werde ich chauffiert, in dieses Haus.
Wahnsinn.

Als er aus der geöffneten Limousine steigt, in seinem schicken Anzug und den gut polierten Schuhen, fühlt er sich ungewohnt angekommen. Er fühlt sich wohl. Einfach so.

Klasse.

In angemessenen Schritten durchquert er die elegante Eingangshalle und wird sogleich ins Restaurant begleitet. An einem Fenstertisch wartet Herr Blumberg auf ihn. Welch eine Wiedersehensfreude. Herr Blumberg fragt nach seinem Befinden und wie er seine Zeit verbracht hat. Es interessiert ihn jedes Detail aus Heiners sogenannter „Krankenzeit." Sie plaudern und lachen wie Vater und Sohn. Heiner tut Blumberg gut. Sie essen und trinken, erzählen und fragen, der Abend rauscht dahin. Die Zeit vergeht wie im Flug. Ein wunderbarer Abend geht seinem Ende zu und Herr Blumberg fragt Heiner nach einem Wunsch, den er ihm erfüllen möchte. Heiner dankt seinem Chef ganz erfreut, aber auch verlegen, für diese wunderbare Geste und lehnt bescheiden ab. „Ich möchte wieder arbeiten, ich fühle meine Kraft und Stärke, ich habe so viel erlebt und Ihnen so viel zu verdanken. Jetzt möchte ich wieder an meinen Schreibtisch." Blumberg lächelt und drückt seine Hand. „Sie sind ein Phänomen, Heiner. Die meisten, die ich fragen würde, wünschten sich bestimmt ein Auto, eine Karibikreise oder so was Ähnliches. Aber der Wunsch, wieder arbeiten zu dürfen, zeigt mir, was für ein toller Kerl Sie sind. Und ich brauche so einen tollen Kerl an meiner Seite. Nachdem sie sich die nordischen Phänomene angesehen haben, erwarte ich Sie in ihrem neuen Büro. Es wird ja gerade ein Schreibtisch frei.
Sie werden in alle Bereiche eingearbeitet und wenn es Ihnen weiterhin gefällt, werde ich Sie als meinen Nachfolger im Verlag aufbauen. Auf gute Zusammenarbeit und bis bald." Blumberg geht. Der Ober bringt Heiner einen Cognac und stellt ihn neben einen kleinen Umschlag. Heiner ist fassungslos.

Was hat Blumberg gerade gesagt?
Eigenes Büro?
Nachfolger?

Schnell kippt Heiner den milden Cognac hinunter. Er sitzt wie vom Blitz getroffen und sieht offenbar auch so aus. Der Ober bringt ungefragt einen zweiten Cognac zu seinem Tisch.

Habe ich zwar nicht bestellt, brauche ich aber dringend.

Und schwupp ist er weg. Ein entspanntes Gefühl stellt sich langsam ein. Das Couvert lässt seine Neugier aufblitzen.

Was wird wohl drin sein?

Heiner staunt nicht schlecht. In dem Couvert steckt ein Gutschein.

Gutschein?
Wofür das denn?

Seine Hände zittern vor Aufregung, als er die Karte öffnet. Es ist ein Gutschein für eine Busreise nach Finnland zu den Polarlichtern. Die Reise führt über Travemünde mit der Fähre nach Helsinki. Dann zum Nikolausdorf und mit dem Rentierschlitten in die Weiten der finnischen Wälder.

Ein Traum!
Mein Traum!
Wie konnte Blumberg davon wissen?

Wie auf Watte geht er zum Chauffeur, der wie abgesprochen auf ihn wartet. Heiner schaut auf die Lichter der Stadt und schon von Weitem sieht er das erleuchtete Verlagsgebäude.

Vielleicht mein Verlag, irgendwann!

In dieser Nacht schläft Heiner besonders gut. Er erwacht mit einem Lächeln auf dem Gesicht und denkt an seine Zukunft, seine rosige Zukunft. Wie er es gerne macht, bleibt er noch ein wenig liegen und lässt seine Zehen in der frischen Morgenluft spielen. Bärli nickt ihm vom Sofa zu, die leichten Gardinen flattern im Morgenwind und ein unglaublich frohes Gefühl kitzelt seine Magengrube. Die Gedanken sausen durch seinen Kopf, er denkt an die wilde Elvira, die er bei ihrer Verfolgungsjagd nur mit Mühe abhängen konnte. Jenny und Babsi, diese verrückten Hühner, die immer nur Unsinn im Kopf hatten, und an Giovanni, den Mafiaboss.

Eigentlich mochte ich ihn gern.
Ich hatte ja keine Ahnung, dass er ein gnadenloser, eiskalter Mörder und Menschenhändler ist.
Mein Gott, was habe ich alles erlebt!
Und eigentlich hat es mir gefallen.

Er kuschelt sich noch einmal in seine Decke und denkt an die wunderschöne Schauspielerin in Cannes. Wie sie im Wasser schwebte, ihren Körper durch die Fluten gleiten ließ, ihren französischen Akzent, die kleine schwarze Rose.

Ich glaube, ich habe mich in sie verliebt.

Im Radio singt eine wunderschöne Männerstimme von einer Eloise. Ein Zeichen, denkt Heiner und schwingt sich verträumt aus dem Bett. Den ganzen Tag geht ihm die Melodie von dem Lied nicht aus dem Kopf.

Eloise, Eloise.

Nach seinem Spaziergang durch den Park betritt er ein Reisebüro und informiert sich über die Polarlichterfahrt.

Oh toll, es kann schon am Samstagmorgen losgehen.

Gesagt, getan.

Der Reiseveranstalter hat mich eigentlich schon auf einen Sitzplatz im Bus eingeplant.
Das kann nur Frau King gewesen sein.
Die hat echt hellseherische Fähigkeiten.
Na dann, auf geht's.

Zu seinen Unterlagen und tausend Informationen kommt noch ein „Polarpackage" vom Sportgeschäft gegenüber dazu. Heiner bedankt sich und geht zu dem Sportladen. Dort erwartet ihn ein riesiges Paket mit Stiefeln, Schneeschuhen, gefüttertem Parka, Mützen, Strümpfen, Schals, Thermosohlen und noch anderen Dingen, die ihm den Aufenthalt in der Kälte angenehm gestalten sollen.

Da hat Frau King aber übertrieben, ich fahre doch nicht zum Nordpol.
Oder doch?

156

Das Verstauen des Pakets dauert einige Zeit, aber die Jungs vom Sportladen helfen gerne mit.

Ich bin bestimmt ein Premiumkunde.
Keine Ahnung was das ganze Zeug gekostet hat.

Zu Hause hilft ihm Ilse, die vielen Sachen auszupacken, die Kilos an Zettelchen abzuschneiden und alles durchzuspülen. Dann rollen sie viele Sachen einfach zusammen und verstauen sie in dem neuen Outdoor-Rucksack. Zu seinem Erstaunen merkt Heiner beim Anheben, dass er trotz Riesenfüllung ganz leicht ist.

Klasse.
Ich hatte schon Befürchtungen.
Bin ja schließlich nicht der Stärkste.

„Ab ins ewige Eis," ruft mir Ilse noch zu, als sie mich freitagnachts zum Busbahnhof fährt.

Also dann.

Heiner winkt Ilse zu, Gustav liegt mit Grippe im Bett und konnte nicht mitkommen. *„Bring mir was vom Nikolaus mit,"* ruft sie Heiner noch nach, als der in den Bus einsteigt. Und dann geht es auch schon los. Im Bus sitzt ein gemischtes Publikum, meistens ältere Gemüter.

Naja, wer hat schon Zeit, einfach so zum Nikolaus zu fahren.
Wenn ich an meine Ausstattung denke, hoffe ich, dass auch alle Mitreisenden entsprechend ausgestattet sind.
Rentner sind ja Profis im Verreisen.

Mit einigen Pinkelpausenunterbrechungen fährt der Bus
Richtung Travemünde.

*Es ist sehr komfortabel, in einem Luxusreisebus die Welt
zu bestaunen, obwohl man die Schuhe ausgezogen hat
und ein Käsebrot in der Hand hält.*
Ilse ist ein Schatz.
*Ihre Spezialität, der „Überlebensbeutel" ist stets mit
Leckereien gefüllt.*
Jetzt noch ein gekochtes Ei.
*Ich stimme mich am besten schon auf die hoffentlich
reichlich angebotenen Weihnachtsplätzchen im
Nikolausdorf ein.*

Abends essen sie auf der Fähre Finn Lines.

Ein gewaltiges Teil.
*Das Büffet erinnert an „alte Zeiten", nur mehr nordisch
statt mediterran.*

Große Platten mit Meeresfrüchten, teils noch nie
gesehene Riesenteile, dann frische Fische, gebraten am
Stück und natürlich Fischfilet. Arme, wie die einer
Meeresspinne winken Heiner rotweiß zu.

Igitt, das muss nun wirklich nicht sein.

Heiner entscheidet sich für den Klassiker, Kartoffelsalat
mit Fischstäbchen.

Vielleicht für Kinder gedacht.
Mir egal, ich esse es trotzdem sehr gern.

158

Dann wird Heiner wieder etwas mutiger und versucht sich an einigen Scampi. Zumindest glaubt er, dass es Scampi sind. Es wird eine unglaubliche Sauerei, bis alle geöffnet, gepult, getunkt und gegessen sind. Dafür stehen kleine Glasschälchen mit verdünntem Zitronensaft bereit. Gekonnt greift ein älterer Herr ein Schälchen, setzt es an und schlabbert die Säure auf.

So kann man es auch machen.

Heiner säubert seine Finger in einer der Schalen. Die erstaunten Augen des älteren Herrn zeigen, dass er die wahren Benutzerregeln nicht kennt. Schnell geht er an seinen Tisch zurück, wo seine Holde auf ihn wartet. Lange, lockige, pechschwarze Haare umgeben das stark geschminkte Gesicht. Große, schwarz umrandete Augen klimpern mit gekonnt getuschten Wimpern. Wunderschön! Ein türkisfarbenes Pullöverchen und eine schicke Jeans geben den dazugehörigen jugendlichen Esprit. Naja, es ist ja Urlaub und da ist vieles erlaubt.
Heiners Kabine auf dem Schiff ist miniklein, aber es ist alles da, was man braucht.

Zum Glück reise ich allein, denn bei Doppelbelegung und mit einem stattlichen Bauch ausgestattet, wäre ein ständiges Steckenbleiben Bauch an Bauch an der Tagesordnung.

Immerhin hat er eine Doppelkabine erwischt, mit kleinem Bullauge.

Ist doch ganz gemütlich hier.
Wenn man keine Platzangst hat.

Die Betten sind hochgeklappt und dienen tagsüber als Couch. Eine Miniwaschgelegenheit und separate Toilette runden das Interieur ab.

Es reicht.

Schnell schlüpft Heiner in einen warmen Kuschelpullover, ein wärmendes Stirnband um den Kopf und dann geht es ins Freie an Deck. Der kalte Wind pfeift ihm um die Ohren und eine ungemütliche Kälte kriecht ihm in die Glieder. Schnell duckt er sich in eine geschützte Ecke und beobachtet die raue See. Wellenberge stellen sich dem Schiff in die Quere, es geht auf und ab, weiße Gischt schäumt auf den Wellen.

Oh je!
Jetzt nur nicht seekrank werden.

Um ihn ist nur schwarze Nacht, abgesehen von kleinen Leuchten rund um das Schiff. Die Luft atmet sich kristallklar ein und eine gewisse Abenteuerlust kommt in ihm hoch. Er stellt sich an die Brüstung und hofft, wie Leonardo di Caprio seine geliebte Eloise umfangen zu können. Doch sie ist weit weg.

Schade.

Sobald er zurück ist, will er sich darum kümmern. Ihre Adresse ausfindig machen und sie treffen, egal an welchem Ort. In der Ferne leuchten kleine bunte Lichter.

Sind das schon Polarlichter?
Könnte sein, oder?

Mit kalter Nasenspitze spaziert er noch einige Runden auf dem eisigen Deck. Im Speisesaal hat sich das Gedränge gelegt und einige Paare drehen auf dem Parkett ihre Runden. Jedem so, wie es gefällt. Jetzt befällt Heiner ein ungekanntes tiefes, verlangendes Gefühl. Sehnsucht. Die kuscheligen Haare des Stirnbandes umfassen seinen Kopf und er stellt sich vor, es wären Eloises Hände. Er hört sie sogar ganz leise atmen.

Oh Gott, es wäre so schön, sie zu sehen.

Sein Herz brennt und er überlegt, ob es sich nicht um einen Herzinfarkt handeln könne. Er atmet tief ein und aus, und schon lockert sich sein Herzschmerz. Eisige Tränen laufen ihm die Wangen hinab und bleiben hier und da hängen. Seine Augenbrauen sind weiß gepudert und seine Lippen kleben trocken aneinander.

Ich brauche einen Drink.

Heiner geht wieder ins Schiff. Die Bar ist gut gefüllt mit Insassen seines Busses und er steuert auf eine Ecke am Tresen zu. Ein doppelter Gin wird ihm vom Barkeeper hingestellt. „Sie sehen so aus, als brauchten Sie den.“ Heiner betrachtet das Glas und stürzt es mit einem Zug hinunter.

Oh Gott, wie das brennt.

Er schüttelt sich und verzieht das Gesicht. „*Noch einen, bitte.*“ Der allwissende Barmann schenkt wieder ein. Das aufheizende Gesöff verfehlt seine Wirkung nicht, und Heiner zieht sich auf seine Kabine zum Schlafen zurück.

Zum Glück hat die Reederei an Reisende mit Kindern gedacht und so thront ein Teddybär auf der Kinderklappe, die bei Bedarf ausgezogen werden kann. *Bärli!* Heiner kuschelt sich mit dem Teddy unterm Arm in die Kissen. Der darauffolgende Tag ist ein Seetag.

Nicht schon wieder.

Heiner verzieht sich mit Literatur über die Sehenswürdigkeiten Helsinkis in eine Leseecke und studiert die vielen Hinweise und Infotipps. Am nächsten Morgen, nach einem üppigen Frühstück, fährt der Bus vom Schiff. Ein klarer sonniger Morgen. Alle sind guter Dinge.

Was mich heute wohl erwarten wird?

Die tollen Sehenswürdigkeiten sind eine ganz schöne Herausforderung. Beginnen wird die Stadtführung in Helsinki am großen Senatsplatz. Das riesige moderne Gebäude ist nicht als Kirche zu erkennen und doch ist es eine. Gewaltige Stufen, Heiner zählt nur bis 150 mit, führen zu einem erhabenen Säulengang. Innen ist die Kirche mit viel Holz, aber auch barocken Teilen sehr imposant gestaltet. Danach wandern sie zur Domkirche, einer einzigartigen Felsenkirche mit interessanter Geschichte. Der Wochenmarkt ist eine richtige Sensation.

Was die nicht alles essen, die Finnen.

Vom Wildschweinfilet über Elchsalami, Rentiergeschnetzeltes, Bärenschinken und Bisonlyoner, Trockenfisch und Döschen mit Eishai.

Der kann bis 1000 Jahre alt werden und wenn man die Dose öffnet, riecht man es auch. Er hat keine Nieren.

Igitt.

Es gilt als beachtliche Mutprobe bei Touristen, ein kleines Stückchen Eishai zu essen, ohne im Schwall zu erbrechen.

So ein Gestank!

Heiner ist erstaunt, was seine Reisekumpane alles probieren. Er lässt seine Mitbringsel in einer Tüte einschweißen und macht sie so für einige Zeit haltbar. Dann fahren sie nach Heinola und inspizieren den hübschen Ort auf einem Segway.

Sehr originell.

Normalerweise beherrscht man diese Stehfahrgeräte problemlos, doch Heiner lehnt sich sehr weit zurück, um den Motor zu suchen und rutscht mit den Füssen ab. Seine Superschuhe mit dickem Profil halten, was sie versprechen. Sie bleiben trotzdem stehen, doch der Rest fällt nach hinten. Auch ein kräftiges Wedeln mit den Armen hilft nicht. *"Mann, nicht schwimmen, festhalten und gerade stehenbleiben,"* ruft der Reiseleiter. Alle lachen, Heiner fühlt sich unwohl.

Immer ich.
Ich bin einfach für alles zu blöd.

Dann geht die Besichtigung ohne Komplikationen weiter. Das große Highlight kommt am folgenden

Morgen, die Fahrt nach Jyräskylä, der Hauptstadt Mittelfinnlands.

Hier wohnt der Weihnachtsmann mit seinen Elfen und Gesellen!
Da bin ich mal gespannt.

Nach einer ersten Nacht in seinem Hotel Scandic Jyräskylä Station, macht sich Heiner bereit, das Nikolausdorf zu besuchen. Anschließend ist eine Schlittenfahrt auf Rentierschlitten in die Weiten der polaren Wälder vorgesehen. Ein riesiger freier Parkplatz lässt den Busfahrer einen Platz aussuchen. Es ist noch früh und anscheinend noch nicht viel los. Alle erhalten ihre Eintrittskarten und einen Bon für eine Tüte Weihnachtsgebäck.

Na also.
Nicht umsonst gefreut.

Tausende Lichter glitzern von himmelhohen Weihnachtsbäumen und leiser Gesang wie von Engeln umgibt die erwartungsvolle Touristengruppe. Dicke Schneeberge umgeben eine große Blockhütte mit riesigen Glockenschnüren von Tanne zu Tanne. Tausend Kugeln, lackierte Schleifchen, Weihnachtsbehang aller Art schmücken die majestätischen Tannen. Kleine Elfen mit Zipfelmützen stehen am Eingang und kontrollieren die Eintrittskarten.

Gar nicht himmlisch.

Sie treten in das *"Himmlische Haus"* ein und sehen sofort Elfen, die mit großen Paketen umhereilen.

Gruselige Knecht Ruprecht Figuren schleppen Jutesäcke von Zimmer zu Zimmer und spielen ein himmlisches Alltagsleben vor. Emsiges Treiben herrscht überall. Von Ferne kann man einen Fernschreiber hören, der auf dem „Himmlischen Postamt" die Wünsche der Erdenbürger aufnimmt und direkt weiterleitet. An den Chef im großen Audienzraum.

Was für ein Remmidemmi!

Wie auf einer riesigen Himmelskirmes wuselt und rennt alles umher. Heiner ist erstaunt, doch will er die Chance nutzen, dem Nikolaus seinen sehnlichsten Wunsch zu erzählen. Seine Eloise geht ihm nicht mehr aus dem Kopf und wenn er nun schon beim Nikolaus ansteht, will er auch seine Chance nutzen und sich etwas wünschen. Egal, ob man es normal findet, wenn erwachsene Menschen an den Nikolaus glauben oder nur so tun als ob. Hier herrscht eine Ausnahmesituation und jeder Ankömmling ist bereit, sich auf das kindliche Spiel einzulassen. Die Schlange vor dem Audienzsaal ist sehr lang, der Nikolaus lässt sich viel Zeit mit jedem Besucher.

Schließlich kostet dieser Trip ja eine Stange Geld.

Ein kleiner Elf mit langer roter Mütze kommt auf Heiner zu und drückt ihm eine Wartenummer in die Hand.

Nummer 44.

Er weist Heiner darauf hin, dass es noch circa eine Stunde dauern würde, bis er an der Reihe wäre. Sein Vorschlag ist, eine Kaffeepause im Nikolauscafé einzunehmen oder einen Film im Nikolauskino anzusehen oder im Nikolausstore ein wenig zu shoppen.

Oder dir an deiner Zipfelmütze zu ziehen, haha.

Da bewegt sich die Gruppe um ihn auch schon Richtung Café.

Oh Gott, dieser Kommerz.
Hier kann man ja echt alles kaufen.
Und die Preise.
Doch egal, ich konnte es mir ja denken.
Selbst die himmlischsten Gefährten sind nur Darsteller
und an deinem Geld interessiert.
Also raus, an die frische Luft.

Seine Nummer verstaut er in seiner dick gepolsterten Jacke, zieht seine Polarmütze hoch, vergräbt seine zehn Finger in den Fellstulpen und schon steht er im tiefen Schnee. Bis zu den Knien. Es schneit in dicken Flocken.

Oh, klasse!
Genauso hatte ich mir das polare Schneegestöber auch
vorgestellt.

Heiner stampft durch die weiße Winterlandschaft und kommt zu einem größeren Platz, wo Tafeln die Himmelsrichtungen anzeigen. Im Norden kommt man nach Oulu, die größte Stadt Nordfinnlands, am Bottnischen Meerbusen, im Osten geht es zum Eishotel in Kemi oder zum Schneehotel in Rovaniemi.

Wahnsinn, was es hier alles gibt im polaren
Himmelreich.

In einiger Entfernung sieht Heiner eine Menschen-
menge. Einige Kameras fahren auf ihren Gestellen hin
und her.

Oh, da wird bestimmt ein Film gedreht.
Da bin ich mal gespannt, ob da auch der Nikolaus
mitspielt.

Heiner muss lachen.

So ein Blödsinn.

Die Gruppe kommt auf ihn zu. Der Hauptprotagonist
kommt angelaufen, gehetzt von einer Horde in Felle
gekleideter Wilder. Frauen rennen und kreischen
hinterher und versuchen mit riesigen Keulen auf die
Wilden einzuschlagen. Heiner sieht in seiner schicken
Polarausstattung sehr authentisch aus, und schon winkt
ihm ein Regisseur zu, sein Einsatz sei da und er solle von
der anderen Seite angreifen.

Klasse.
Wie toll.
Man kann da einfach mitspielen!

Ohne zu zögern schnappt sich Heiner einen langen
Tannenzweig mit vielen Tannenzapfen und rennt los so
schnell er kann.

Wenn sie mich schon mitmachen lassen, werde ich auch
zeigen was ich kann.

Heiner rennt auf den vorderen Typen zu und sieht noch
das Entsetzen in seinen Augen, als er ihm einen

wuchtigen Schlag mit seiner Naturwaffe verpasst.

Sein Gesicht kommt mir bekannt vor.
Das ist George Clooney!

Aber von wegen „der Sexgott", den alle Frauen vergöttern. Nein, hier regiert das wahre Leben. Die wilde polare Natur mit kämpferischen Einheimischen. Mittlerweile haben die kreischenden Weiber aufgeholt und Heiner fragt sich, ob er sie auch mit seinem Zweig verprügeln soll.

Schließlich gibt es ja augenscheinlich keine vorgegebene Regie.
Ich blicke nicht durch.
Aber egal, ich lasse mir diesen Spaß nicht entgehen.

Die Erste, die von Heiners Ast getroffen wird, ist eine alte, zottelige Hexe mit wenigen, teils schwarzen Zähnen.

Na, der möchte ich aber nicht in der Nacht begegnen.

Da wird Heiner von einem spindeldürren Frauchen von hinten angegriffen. Sie verbeißt sich in seinem dicken Parka und es gelingt ihm einfach nicht, sie abzuschütteln. Dabei fletscht sie die Zähne und stampft gewaltig mit den übergroßen Fellschuhen auf. Die Alte nähert sich und macht sich an George heran. Sie wirft ihn in den Schnee und setzt sich huckepack auf ihn. In ihrer Hand glitzert die Klinge eines langen Dolches auf und als sie die Hand zum finalen Stoß ansetzt, kommt Heiner ihr gerade noch zuvor. Mit meinem Ast stößt er sie von Clooney und sämtliche Zapfen springen auf ihre

flatternden Haare. Mit ohrenbetäubendem Lärm dreht
sich die kämpfende Truppe zu einem Fellknäuel auf und
er entdeckt das dunkle Gesicht der Alten. Hassverzerrt
kullert sie mit den Augen, fletscht mit den Zähnen und
das kleine Minibiest kann seine Beißerchen nicht mehr
aus seinem Parker ziehen. Die kostbaren Daunen fliegen
umher, überall rotieren Arme in der Luft und ein heißer
stinkender Atem kommt ihm immer näher. Heiner ist
eingekesselt

Luft!
Das ist mir zu viel.
Ich will nicht mehr.
Ich steige aus.
Zuviel Kampf, zu viel Gestank, zu viel Gefahr, zu viele
Tannenzapfen.
Nur wie?
Ich hab 's.

Heiner stößt einen gewaltigen Schrei aus. Plötzlich ist
alles still, die vielen Arme sortieren sich, die Leiber
entknoten sich, alle versuchen auf die Beine zu kommen.
Ein kleiner ungepflegter Mann kommt auf ihn zu auf die
Lichtung gerannt, greift ihn am Kragen und schreit ihm
ins Gesicht: *„Warum machst Du mir die Szene kaputt,*
warum scheißt Du Dir in die Hosen, biste ein Anfänger?
Hollywood ist nichts für Weicheier. Zehn Minuten Pause
und dann wieder power, power.“ Heiners Herz ist ihm in
die Hose gerutscht, kreidebleich liegt er da. George hilft
ihm auf die Beine und dann reicht ihm „die Alte“ die
Hand. Whoopi Goldberg schüttelt ihre Röcke und trinkt
aus der ihr gereichten Thermosflasche. Plötzlich ist der
Platz gefüllt mit Kameramännern, Kabelträgern,
Versorgungsassistenten und Visagisten. Heiners Gesicht

wird abgepudert und ein heißer Tee wärmt seine Hand. Sein Parka wird in Windeseile ausgebessert und eine vertraute Stimme sagt: „Das war wohl ein bisschen heftig, Chérie." Heiner dreht sich um und vor ihm steht Eloise.

Eloise!
Meine Eloise!

Auch sie erkennt ihn und kreischt laut auf.

Das hat sie wahrscheinlich für diesen Film einstudiert, denn es klang wie vorhin bei der Verfolgungsjagd.

Sie nimmt Heiners Kopf zwischen ihre Hände, küsst ihn kurz und sagt, dass es gleich weiter gehe, also bis später in der Sauna des Scandic.

Wie, was, wann?
Eloise spricht normal, kein Akzent.
Ich fasse es nicht.

Heiner verlässt das wuselige Treiben und geht zurück zum Café.

Habe ich tatsächlich die Hollywoodstars getroffen und, das ärgert mich am meisten, kein Autogramm von Clooney und Goldberg ergattert?
Wieso spielt hier ein Hollywoodteam im tiefsten Eis?
Im Nikolausdorf?
Ich muss verrückt geworden sein.

Heiner geht wie vom Donner gerührt zurück in die Halle. Auf der Nummerntafel in der Nikolaushalle wird die

170

Zahl 40 angezeigt und Heiner reiht sich in die Schlange ein. Noch immer geschockt und verwirrt versucht er, die Situation zu erfassen. Zwei Elfen mit grüner und roter Zipfelmütze fassen ihn an den Händen und ziehen ihn zu einem großen Schreibtisch. Davor steht in goldenen Lettern „Himmlisches Postamt."
Ein Elf mit einem großen klobigen Stempel stempelt Postkarten und Briefe ab.

Oh, Postkarten!
Sehr gut, dann kann ich das gleich erledigen.
Ob die Briefmarken hier wohl einen Aufschlag kosten?

Auch nach den exotischsten Erlebnissen der letzten Wochen und Monate, die Heiners ordentliche Welt ebenso ordentlich durcheinandergewirbelt hatten, findet er doch immer wieder in seine gewohnten und geliebten Strukturen zurück. Da ändert auch eine Schlägerei mit Whoopi Goldberg nichts an Heiners Gewohnheiten.

Wenn man wegfährt, schickt man eine Postkarte an seine
Lieben zu Hause.
So macht man das.

Und so macht Heiner das, solange er sich zurückerinnern kann. Er sucht sich einige Karten aus. Für Gustav und Ilse, seine Eltern und zuletzt für seinen Chef, Herrn Blumberg.

Immerhin hat er mir diese tolle Reise ermöglicht.
Da schicke ich ihm auch eine Karte.

Auf einer der zahllosen Karten in dem Drehständer entdeckt Heiner ein Bild vom Nikolaus in seinem

Audienzsaal. Er sitzt auf einem goldenen Sessel, und auf seinem Knie sitzt ein kleiner Junge, der mit leuchtenden Augen seine Wünsche vorträgt. An der Seite sind Spielzeuge aufgedruckt, ein Schaukelpferd, ein Feuerwehrauto, und ein Teddy.

Schon ein bisschen kitschig.
Aber ich glaube, sie wird ihm gefallen.

Zum Glück hatte er sich einen Zettel mit den Adressen eingesteckt. Kaum hat er die Karten eingeworfen, zerren ihn zwei Elfen wieder zurück in die Warteschlange. Wieder warten. Und dann ist es soweit. Die Tür geht auf, und Heiner betritt den Audienzsaal. Es sieht aus wie in einem Märchen. Der große goldene Sessel, auf dem der Nikolaus thront, wirkt wie aus einer anderen Welt. Heiner fühlt sich wie ein kleines Kind, als er über den dunkelroten Teppich auf den Nikolaus zusteuert. Mit zitternden Beinen und zauseligem Parka steht er vor dem Nikolaus und überlegt, welchen Wunsch er formulieren soll.

Man kann es ja mal probieren.
Vielleicht klappt es ja mit dem Wünschen.
Probieren geht über Studieren.

„Also," beginnt er zaghaft, „eigentlich wollte ich mir wünschen, meine Eloise wieder zu treffen, aber diesen Wunsch hast du mir ja vorhin schon erfüllt. Ich habe sie draußen getroffen, ein Wunder. Was soll ich mir nun wünschen? Ach ja, dann wünsche ich mir Gesundheit und Glück."
„So soll es sein, mein Sohn," sagt der bärtige weise Mann und blinzelt ihm väterlich zu. „Dein Wunsch ist

172

bescheiden und gut." Ein Gefühl des Glücks durchflutet Heiner und er genießt den ihm noch verbleibenden Moment bei dem hohen Himmelsherrscher. Die Augen des Nikolaus sehen ihn sanft und schokoladenbraun zwischen den haarigen weißen Augenbrauen und wirren Haarbüscheln an. Irgendwie hat Heiner ein gutes Gefühl.

Gut, dass ich mich angestellt habe! Hat doch geklappt.

Da das Wünschen seinen Magen angeregt hat, besucht er das Nikolauscafé und bestellt sich einen „Himmelsburger."

Mmmh.
Der schmeckt aber wirklich himmlisch.

Abgerundet mit einem heißen „Engelslatte" kann die Tour auch schon weitergehen.
Im Nikolausdorf rotten sich die Busreisenden an der Abfahrtsstelle zusammen und treten die aufgehäuften Schneeberge platt. Ein Teil der Wartenden fährt sofort zum Hotel, der restliche Teil wird mit Schneescootern zu einem Samendorf geschippert. Heiner steht noch etwas unentschlossen am Rande der Gruppe, als ein großer Rentierschlitten um die Ecke biegt. Vier weiße, zottelige Rentiere halten vor ihm und eine kleine Hand in Fellhandschuhen streckt sich ihm entgegen.

Eloise!

Ohne zu zögern ergreift er die Hand und steigt mit ihr in den Schlitten. Er wird von dem Kutscher in dicke Decken gepackt und ganz dicht mit Eloise eingemummelt. Ein Tierfell obendrauf schützt die flauschigen Decken und schon ertönen kleine Glöckchen. Wie auf einen Zauberbefehl hin ziehen die Rentiere an, rollen gefährlich mit ihren großen schwarzen Augen und schon fliegen sie davon. Vom Nikolausdorf geht es in die weiten Wälder am Polarkreis. Von den weißen glitzernden Tannen rieselt ein leichter Hauch Schnee. Heiner sitzt angekuschelt an Eloise und genießt die rasante Fahrt. Immer tiefer fahren sie stumm in die Weite. Unaussprechlich sind die Gefühle. Es wird merklich dunkler und Eloise drückt sich an ihn. Unter der Felldecke suchen sich ihre Hände.

Würde diese Fahrt nur nie zu Ende gehen.

Sterne funkeln über ihren Köpfen, Eiskristalle hängen sich in ihren herausblitzenden Haaren fest, die am Rande der Fellmützen einen Eiskranz bilden. Ein fast überirdisches, göttliches Gefühl hat die beiden erfasst. Sie sehen sich an, fühlen das große Glück, sich gefunden zu haben und dann küssen sie sich. Heiße Lippen auf gefrosteter Haut. Die Herzen pochen laut und in den Augenwinkeln bilden sich kleine Tränen. So ein Glück, unfassbar und himmlisch schön. Sie küssen sich immer und immer wieder. Abrupt bleibt der Schlitten stehen und Heiner saust mit Speed über die Kutsche hinaus in den Schnee. Er hatte sich zu sehr nach vorne gebeugt, als ihn die Rotation erfasste. Eloise lacht laut auf und der Kutscher schaut entsetzt zu Heiner hin. „Sie wollen mich doch nicht überholen, junger Freund? Wir sind ja schon da." Heiner schüttelt sich aus dem Schnee und lacht über sein eigenes Ungeschick. "Näin teemme sen kotimaassani", sagt Heiner und freut sich über die wenigen finnischen Vokabeln, die er vor seiner Reise gelernt hatte. "So machen wir es in meiner Heimat" heißt

174

die Übersetzung. Dem verdutzten Blick des Kutschers nach, hatte er sie gut eingesetzt.

Auf einer Lichtung leuchten helle Fenster aus kleinen Hütten. Weiße Schwaden steigen aus den Schornsteinen und dick vermummte Männer und Frauen tragen Holz zu den Hütten und Eimer mit Eisstücken zu den Feuern auf dem Platz davor. Der Fahrer schält sie aus den Decken und sofort bäumen sich die Rentiere auf, um so schnell es geht, ihren Fesseln zu entkommen. Ihrem Zaumzeug entledigt springen die Rentiere zu ihren wartenden Herden. Heiner und Eloise gehen in die große runde Hütte und werden mit einem Becher dampfenden Tees empfangen. Auf einem Teller werden ihnen getrocknete Fleischstücke und frisches Fladenbrot gereicht.

Gar nicht schlecht. Schmeckt wie Bifi.

Die Bewohner der Hütte, die Samen, tragen bunte Trachten und sind sehr unterhaltsame Leute. Glücklicherweise spricht Eloise gutes Englisch und auch Heiner kann sich mit einigen englischen Vokabeln am Gespräch beteiligen. Sie lernen viel von den Samen, zum Beispiel, dass der nördliche Polarkreis der Breitenkreis 66°33`45.9 nördlich des Äquators ist und die südliche Breite der Weltkugel markiert, wo die Sonne an den Tagen der Sonnenwende nicht mehr auf- bzw. untergeht. Wegen der Nordlichter wird er auch der „magische Polarkreis" genannt. Dann war das Thema zum Greifen nah, magisch ihre Gefühle und magisch die Polarlichter. Rönna, der Fahrer erzählt ihnen, die Sage der Polarlichter. Die Überlieferung der Samen erzählt, dass das Nordlicht durch einen Fuchs entsteht, der über die Fjälls Lapplands läuft, mit seinem Schwanz Schnee aufwirbelt und Funken zum nördlichen Himmel empor sendet. Die Funken bilden einen farbenreichen Bogen aus Feuer, der die Landschaft erhellt. Finnisch: revontulet = Fuchsfeuer. Heiner und Eloise sind sehr interessiert und hören gespannt zu.

Aber die einstündige Fahrt mit dem Schlitten, das Essen in der warmen Hütte, die Sagen und Geschichten, fordern ihren Tribut. Sie machen müde. Sollten sie nun nochmals eine Stunde mit dem Schneescooter durch den Schnee fliegen? Die geschäftstüchtigen Samen haben eine gute Lösung und bieten ihnen eine Übernachtung an. Eine besondere einzigartige Übernachtung im Schnee. Dann könnten sie morgen ausgeruht zu ihrer Gruppe in Jyräskylä stoßen. Man sage im ScandicHotel Bescheid, kein Problem.

Unglaublich.

Man sitzt am Polarkreis im ewigen Schnee, wundert sich über leckeren Speis und Trank, über das karge Leben in der Wildnis, über die sorgfältige Organisation, aber ein Telefonat zum Hotel ist überhaupt kein Problem, dank Satellitentelefon. Die moderne Zeit ist auch am Nordpol angekommen. Rönna packt eine Tasche mit Tee, Fladen und kleinen Leckereien zusammen und schon werden die Schneeschuhe untergeschnallt und es geht wieder in die Natur. Obwohl es dunkel ist, leuchtet der weiße Wald. Der Schnee knirscht unter den Schneeschuhen und sie gehen Hand in Hand hinter Rönna zu ihrem Nachtquartier. Der Weg ist kurz und dann sehen sie es. Wie ein Wintergarten steht trutzig und mächtig ein Iglu aus Glas vor ihnen. Große Quadrate werden von Stahlrahmen gehalten und der Eingang ist mit einer doppelten Tür gesichert. Gibt er hier Wölfe oder Bären? Rönna öffnet die Tür und zeigt ihnen ihre Behausung für

176

die kommende Nacht. Ein kleiner Vorraum mit Tisch, zwei Stühlen und einem Kühlschrank wird durch einen riesigen Kachelofen beheizt. Es ist sehr hübsch eingerichtet, liebevoll und romantisch. Rönna legt Holz nach, erklärt den Notruf, die verschiedensten Funktionen der sonstigen Gerätschaften und ist schon auf dem Rückweg. Der große Raum des Iglus beherbergt ein großes Schlafzimmer. Das riesige Bett ist mit vielen bunten Kissen bedeckt, Berge von Decken stehen bereit und die Kuppel ist von zugezogenen grauen Tüchern bedeckt.

Eloise setzt sich auf das Bett und bestaunt das wundervolle Interieur. Heiner kurbelt an der Schattierung und befreit das riesige Glasdach. Und dann ist sie da, ihre erste Nacht. Die wunderbare finnische Landschaft breitet sich vor, hinter und über ihnen aus. Heiner lässt sich auf das Bett fallen, bestaunt den nächtlichen Himmel und versucht die vielen funkelnden Sterne zu zählen. Einfach unmöglich. Er schlüpft aus seinen Fellstiefeln und zieht den bereitliegenden Hausanzug an. Eloise ist leise in den Vorraum gegangen. Was hat sie vor? Endlich öffnet sich die Tür. Eloise kommt in einem atemberaubenden „Nichts" zurück. Durchsichtige Spitze auf nackter Haut. Kleine Schleifchen zum Öffnen und Schließen. Schillernde Knöpfchen halten in kleinsten seidigen Ösen ungeahnte Dinge fest. Ein atemberaubendes Dekolleté verschlägt ihm den Atem. Ihre Haut leuchtet seidig und weich. Er hat den großen Wunsch, sie zu streicheln, fest zu halten und nie mehr los zu lassen. Sie kuscheln sich in das große Bett und schauen zusammen in den Sternenhimmel. Heiner nimmt Eloise in den Arm und riecht ihren zarten Duft. Zitronen und Orangen umwehen ihn. Ihr Haar duftet so aufregend, alles, alles an ihr ist wunderbar, zart und fein. Heiner genießt jeden gemeinsamen Atemzug und dann kommt alles wie von selbst.

Sie lieben sich in einer Woge mediterranen Duftes und die Welt bleibt stehen. Es gibt nur Heiner und Eloise. Die vielen Gedanken, die er sich über ihre erste Nacht gemacht hatte, waren sinnlos gewesen. Die Liebe kennt keine Grenzen, weiß immer genau, was zu tun ist und braucht keine Anleitung, einfach so. Nach vielen Umarmungen, tausenden Küssen und zerschmelzenden Herzen passiert es genau über ihnen: Der grauschwarze Himmel reißt auf, grüne Wolkenfäden ziehen in großen Kreisen am Firmament. Eine Woge in Spektralfarben zieht über den Himmel. Figuren wie von einem Sandmaler gestreut kreisen am nächtlichen Firmament. Dann erhebt sich ein knalloranger Strahl in den Himmel, der nach wenigen Minuten in leuchtendes Lila umfärbt. Eine Symphonie der unwirklichen Geschehnisse, eine Lichtexplosion von unwirklicher grandioser Schönheit. Und das alles in den Armen einer wunderbaren Frau, was für ein außerirdisches Glück.

Eloise streichelt Heiners Gesicht und er ist einfach nur glücklich. Wie konnte es sein, dass sie sich am nördlichsten Punkt der Welt treffen, beim Set eines neuen Weihnachtsfilmes. Das kann doch kein Zufall sein. Eloise nimmt ihr Schicksal nochmal in die Hand und beißt Heiner zärtlich in den Nacken. Das war wieder der entscheidende Auslöser für eine zärtliche wunderschöne Umarmung. Endlose Liebe, endlose Polarlichter, göttliches Sein.

Als beide erschöpft einschlafen, kreisen güldene Wogen über ihrem großen Glashimmelbett.

Heiner sieht rot. Er erwacht in Eloises Armen und sieht in die purpurroten lilaorangen Polarlichter. Sie sind noch da. Immer noch. Heiner kann es nicht fassen und genießt den seltenen Anblick. Eloise klettert aus dem Bett und kehrt mit zwei großen Tassen Kaffee zurück. Der Wecker zeigt fünf Uhr früh und sie haben noch etwas Zeit, bis Rönna zum Frühstück bittet. Sie trinken ihren gemeinsamen Kaffee, schauen in den Himmel und können sich nicht satt sehen.

Dann hat Heiner noch eine fabelhafte Idee, die er sofort in die Tat umsetzt. Er kitzelt Eloise an den Füßen und sie küssen sich wieder und wieder…

Welch eine leidenschaftliche Liebe.

Erhaben, besonders, von Ewigkeit.

Rönna holt sie am Iglu ab und sie waten durch den tiefen Schnee. Die Schneeschuhe helfen, nicht zu tief einzusinken. Heiner zieht Eloise ein wenig, damit sie sich nicht so anstrengen muss. Ein Gentleman eben. Im Samendorf wird schon fleißig gewerkelt, denn schon bald wird ein neuer Tross von Besuchern erwartet. Statt dem Schlitten nimmt Rönna den Scooter und sie sausen fest aneinander gedrückt zurück zum Hotel.

Da Eloise heute nicht am Set gebraucht wird, wollen sie sich in Kemi das Schneeschloss mit Eishotel ansehen. Es ist wieder alles filmreif vorhanden. Disneyland on Ice. Das Schneeschloss mit Restaurant, die Eisbar, eine wunderschöne Kapelle und ein Arktikum, in dem die Geschichte Finnlands erzählt wird. Heiner und Eloise schlendern Hand in Hand durch das kalte Eisparadies und haben doch nur Augen füreinander. Die weiße Pracht erinnert an die Eiskönigin. Im Restaurant essen sie auf klobigen Eisblöcken sitzend und auf Fellen, die auf Holzgestellen gespannt werden. In der Eisbar sind sogar die Gläser aus Eis und man kann sie nur mit den Fellhandschuhen anfassen. So ein Spaß, Heiner leckt an dem Gläschen und schon ist seine Zunge festgefroren. Eloise rettet ihn mit ihrer Zunge und schon lachen sie wieder. Sie albern wie Kinder und genießen ihr Spiel. In der Hotelhalle gibt es Spielautomaten und viele Automaten mit Süßkram. Heiner entdeckt einen Kaugummiautomaten wie aus Kindertagen und nach drei Versuchen können er und Eloise auf einem roten und gelben Riesenkugelkaugummi herumkauen. Zur gelben Kugel gab es eine kostenlose Überraschung.

Juchhuu!

Traumhochzeit

Der Abschluss der kalten Tour findet in der Eiskapelle statt. Der wunderschöne bunte Kapellenraum ist mit Eiskristallen behängt, und Zweige geschmückt mit Weihnachtskugeln, Engeln und Heiligenbildchen geben dem Ganzen eine unwirkliche Stimmung. Leise erklingt eine Orgel und Heiner schreitet zur Tat. Er fummelt in seinem dicken Parka die Tasche auf und ergreift den Ring, den er gerade im Kaugummiautomaten als kostenlose Beigabe erstanden hat. Er fällt auf die Knie, ergreift die Hand seiner erstaunt blickenden Eloise und spricht mit vor Glück heiserer Stimme: „Liebe Eloise, Dich hat mir der Himmel geschickt. Ich habe mich in Dich verliebt und frage Dich, ob Du meine Frau werden willst. Wir kennen uns nur kurz, doch lass uns einander besser kennen lernen, ich möchte dich nie mehr verlieren. Wenn wir verheiratet sind, haben wir ja Zeit genug dazu." Er streift ihr den Ring, einen goldenen Reif mit rotem Stein, über ihren Finger und sieht sie an. Eloise schaut ihm tief in die Augen. Aus ihren Augen leuchtet ein Feuer, das Feuer der Liebe, und sie bekommt rosige Bäckchen. Sie dreht den Kaugummiring, betrachtet den roten Stein und sagt: "Es wird mir eine Ehre sein, Dich zu heiraten. Ich werde diesen Ring immer in Ehren halten und irgendwann einmal unseren Kindern von deinem wunderbaren Heiratsantrag erzählen. Auch ich liebe Dich, mein schüchterner Heiner, wir werden alle unsere Freunde einladen und eine große Hochzeit feiern. Whoopi und George könnten doch unsere Trauzeugen sein. Was meinst du, ist das nicht eine großartige Idee?" Heiner schluckt. Eloise spricht tadellos, kein französischer Akzent, keine zerrissenen Sätze. Nanu?
Doch eine Hollywoodhochzeit mit großem Rummel!

Genau nicht sein Ding!

*Aber egal, wenn es das Schicksal, also Eloise, so will,
dann werden wir es so machen.*
*Ich werde mich ab jetzt dem Leben stellen, nicht mehr
nur von der Ecke aus zuschauen, sondern mitten drin
dabei sein.*
Ich verspüre eine neue Berufung.
Ich liebe das neue Leben und freue mich darauf.

Heiner taumelt vor Glück und ist froh, als sie wieder im
ScandicHotel angekommen sind. Die Ereignisse haben
ihn umgehauen. Zuerst der geglückte Antrag mit dem
schicken Kaugummiring. Und dann der Höhepunkt!

Eloise wird mich heiraten!

Die Welt dreht sich, Engel singen, Schmetterlinge
flattern in seinem Bauch, rosa Wolken schweben über
ihm. Und diesmal sind es keine Polarlichter. Heiner
schläft wie ein Riesenbaby ein, tief und fest. Nach
ausgiebigem Duschen beschließt Eloise, sich noch den
Text der neuen Szene anzusehen. Da dieser Film in
englischer Sprache gedreht wird, kann sie normal
sprechen und braucht sich keinen Akzent
anzugewöhnen. Der letzte französische Film hat ja
einiges von ihr verlangt. Sie schnappt sich ihr
Manuskript und geht Richtung Sauna.
Zuvor legt sie noch einen kleinen Zettel mit Kussmund
versehen auf den Nachttisch von Heiner und vermerkt
darauf „Sauna." Er wird schon wissen, was sie damit
meint und natürlich weiß er das. Als Heiner glückselig
erwacht, sieht er den Zettel seiner Eloise und überlegt,
was er in eine Sauna mitnehmen soll. Schließlich kennt

er die Gepflogenheiten der Saunisten nicht und überlegt. Sein Kulturbeutel mit Duschzeug und Shampoo, Kamm und Körpercreme ist schnell gepackt, ein dickes Badetuch geschnappt und schon geht's los. Der Aufzug bringt ihn ins Untergeschoss, wo er Duschen und Umkleiden findet. Durch ein großes Glasfenster kann er diverse Hütten mit rauchenden Schornsteinen in der Gartenanlage sehen.

Aha, da ist es.
Schon gefunden.
Nur wie dorthin kommen?

Er überlegt und hat einen guten Plan. Seine Kleider verstaut er in einem Spind, nur Fellstiefel und Fellmütze lässt er an. Schließlich ist der Weg in den Garten mit Eisflächen und Schneebergen dekoriert. Ein kleiner Badesee ist dick verreist und Vorsicht beim Gehen ist angesagt. Nackt und fröstelnd stampft er durch die Schneelandschaft und bei der größten Hütte macht er halt. Die Eingangstür aus massivem Holz fordert seine ganze Kraft und er klemmt sich den Kulturbeutel zwischen die Beine. Eine Rauchschwade schlägt ihm entgegen und er sieht nur Nebel. Heißen Nebel. Weißen Nebel. Also torkelt er in Minischritten in den Raum und wird mit großem Hallo und Blitzlichtgewitter empfangen. Niemand außer ihm ist nackt, alle sind in große Badetücher gehüllt, wenigstens die intimeren Teile sind versteckt. So steht er nun da, mit dicker Fellmütze und Fellstiefeln und freiem Genital. Ein wenig hat er das Gefühl, dass alle ihn erheitert anschauen. Um dem Ganzen einen kultivierten Rahmen zu geben, sagt er leise „Hallo" zurück. Daraufhin ertönt ein mächtiges Gelächter und mehrere Männer schlagen sich auf die Schenkel. Heiner weiß nicht was er tun soll.

Was ist hier los?

Also setzt er sich vorsichtig auf die unterste Holzbank und sein Nachbar zur Rechten reicht ihm ein Bündel mit Zweigen. Er sieht wie einige Saunisten die Zweige auf ihren nackten Rücken schlagen und er tut es ebenso. Allerdings haben sie weder Stiefel noch eine Mütze an. Er gibt ein Bild zum Brüllen ab. Aber egal. Es ist nunmal so. Nur nicht abhauen oder klein beigeben, denkt Heiner. Sehr zur Freude seiner Saunakollegen pfeift er leise ein Lied vor sich hin. Das beruhigt ihn. Nur wer ihn kennt, würde das zuckende Auge bemerken. Dann kommt seine Rettung. George!
George steigt von einem höheren Platz zu ihm hinab und er erkennt einige Schauspieler vom Set. Die Nebelschwaden hindern wirklich die freie Sicht. George hilft ihm aus den schweren Fellstiefeln und nimmt ihm seine Fellmütze ab. Dann bringt er alles raus aus der Sauna in den Vorraum. Rund um Heiner werden wieder und wieder die Handys bemüht und er ahnt nicht, dass er soeben weltweit auf YouTube zu sehen ist.
Wo ist nur Eloise? Als George zurück ist, fragt er ihn: „Die Damen sind in der Hotelsauna im Haus. Soll ich Sie begleiten? Hier im Garten tagt heute ein Männerclub, wichtige Herren von Paramount und politische Größen aus den Gemeinden von hier. Aber kein Problem, die Finnen sind sehr gastfreundlich, schließlich geht es hier um ein Riesenprojekt im Weihnachtsdorf mit einer Hollywoodshow oder einem Musical. Das wird heute hier beredet. Es geht hier um viel Geld."
Heiner lässt sich seine Blamage nicht anmerken und ergreift sofort die entstehende Chance. "Lieber George,

ich wäre an einem Interview mit den Herren interessiert. Das Thema ist sehr interessant und schließlich muss ich als künftiger Verlagschef die Geschäfte ankurbeln, wo es nur geht." George scheint beeindruckt. Verlagschef!

Besser als Idiot im Eis!

George spricht mit den Herren und Heiner sieht wie sie wohlwollend mit den Köpfen nicken. Also, heute Abend an der Bar des Scandic, meine Herren, ich lade sie auf eine Runde ein. Sofort kommt Bewegung in die Truppe und man verabschiedet sich wie unter Freunden. George begleitet ihn noch nach draußen und schlägt ihm freundschaftlich auf die Schulter. „Good Boy" und kehrt in die Sauna zurück. Wie ein großer nackter Elf stampft Heiner nun splitternackt zu der Hotelsauna. Das Hallo ist groß, alle haben durch das Glasfenster seinen Ausflug beobachtet. Eloise sitzt neben Whoopi und zeigt ihm an, sich ein Badetuch um die Hüften zu knoten.

Oh, nein, schon wieder alles falsch gemacht.
Und das vor den Augen der schönsten Frauen.
Für heute habe ich genug sauniert.

Heiner geht zu den Umkleidekabinen und zieht sich an. Auf seinem Hotelzimmer angekommen kramt er sein Handy aus der Tasche und ruft bei Herrn Blumberg an. „Mensch, Heiner, wie schön, dass Sie sich melden. Wie geht es Ihnen? Haben Sie sich schon gut erholt? Was macht die Polarlichtersichtung?" „Hallo Herr Blumberg, mein Urlaub ist wunderbar, der Schnee ist atemberaubend und die Landschaft unbeschreiblich. Ich war in einem Weihnachtsdorf, das alle Kindheits-erinnerungen an den Nikolaus wiederaufleben lässt und ich habe berühmten Schauspielern beim Dreh zugeschaut. Wie ein Wunder habe ich eine Bekannte aus Cannes getroffen und war gerade mit ihr und der Schauspielcrew in der Sauna. Und jetzt kommt's. In der Sauna des Hotels habe ich durch George Clooney Bekanntschaft mit hohen Herren aus Finnland gemacht, ein Bürgermeister und wichtige Geldgeber eines großen Hollywoodprojekts im Weihnachtsdorf. Stellen Sie sich vor, wir können vielleicht mit unserem Verlag einsteigen und die Broschüren drucken. Das wäre ein Riesenauftrag."

Heiner kommt beim Reden ins Schwitzen und ist sich nicht bewusst, wie leicht er von seinem Verlag spricht. Seinem Verlag!

„Hoppla, hoppla," meint Blumberg, ich kann gar nicht folgen. Das sind ja beste Aussichten, mein Junge. Wie konnte ich nur meinen, Sie lägen in weichen Sesseln und studierten die Polarlichter. Nein, ich kann es nicht glauben, Sie sichern die Zukunft des Verlags, so ganz nebenbei, und treffen sich mit den Berühmtheiten der Welt. Heiner, Sie sind unübertrefflich." „Wie soll ich nun verfahren? Was darf ich denn vereinbaren? Ach, wären Sie doch auch hier." „Das lässt sich machen, Heiner, keine Sorge, ich nehme die erste Maschine morgen früh und rufe Sie vom Flughafen aus an. Lassen Sie mich dort abholen und wir schaukeln das Kind zusammen. Ich freue mich, Sie wieder zu sehen, Sie tollkühner Hund. Also gut, morgen geht's nach Helsinki. Danke, im Voraus, ich freue mich."

Heiner ist froher Dinge und überlegt, was er heute Abend in die Bar zum ersten Treffen anziehen soll. Ich denke, lässiger Country Style ist angebracht. Also, ein rot kariertes Trapper Hemd mit einer schwarzen Cordhose kombiniert, ein schwarzes Halstüchlein umgebunden

und schon ist er ausgehfertig. In der beleuchteten Bar geht es bereits hoch her. Viele kleine Tischchen sind besetzt und es wird geredet und gejohlt. Einige der Barhocker sind noch frei und Heiner platziert sich neben George. Man begrüßt sich mit Handschlag und dann wird es kurz dunkel neben Heiner. Ein Hüne quetscht sich neben ihn auf den Barhocker, gefolgt von einer Truppe lachender und scherzender Männer. Sie nicken dem zierlich neben sich wirkenden Heiner zu und der Hüne klopft Heiner auf die Schulter. „Was trinken wir?“ fragt er auf Englisch. „Was hat Finnland zu bieten?“ entgegnet Heiner. Der Hüne lacht erfreut und bestellt für die Clique einen Drink. Klare, helle Flüssigkeit. Ein Schnaps.
Heiner hebt sein Glas und trinkt es, wie die anderen, in einem Zug aus.

Hölle, wie scharf.
Oh, wie das brennt.
Meine Zunge explodiert.
Heiner schwankt, aber er behält die Oberhand.
Nur jetzt nicht umfallen, dann habe ich verloren.

Er schüttelt sich kurz, hebt die Hand und bestellt noch eine Runde. Ein riesiges Gelächter, Schulterklopfen von dem Hünen Knut, Kopfnicken der Clique, besagt ihm, dass es eine Prüfung war und er sie bestens bestanden hat. Natürlich, George hat dieses Dynamit nicht mitgetrunken, diese Gauner wollten Heiner testen. Da haben sie aber die Rechnung ohne den Wirt gemacht.

Ich will diesen Auftrag an Land ziehen, egal wie schwierig es wird.

Die Stimmung steigt und es wird gesungen. Da kann
Heiner zeigen, was er in seinen Kirchenchorzeiten
gelernt hat. Als er mit leichter Stimme das
„Abendglöckchen" anstimmt, verstummen alle ganz
gerührt. Dann erhebt Knut seine tiefe Stimme mit dem
Bärenbass und singt eine nordische Weise. Es klingt
wunderschön. So machen Gesang und Alkohol Runde
um Runde und Heiner ist mittendrin. Er mag diese
nordischen fremden Männer mit ihren rauen Stimmen.
Der Blick aus den Fenstern der Bar in eine lichtgraue
Nacht mit riesigen Schneebergen, dazu die wärmende
Gastfreundschaft lässt die Seele jubeln und das Herz
weinen. Es ist unwirklich schön! Weinend und total
besoffen torkelt Heiner auf sein Zimmer und versinkt
angekleidet in dem weichen Daunenbett.
Der nächste Morgen wird ungewöhnlich. Als der Wecker
sich um 8 Uhr lautstark meldet, erwacht Heiner aus
seiner tiefen Ohnmacht. Seltsamerweise hat er keinen
Druck im Kopf, sein Magen rebelliert nicht, das Inventar
dreht sich nicht, nein, er steht auf und ist topfit.

Gott sei Dank.
Heute wird mein großer Tag als neuer Verlagschef und
ich werde mit Herrn Blumberg die spannenden
Verhandlungen rocken.
Yeah, ich freue mich.

Erfrischt von der ausgiebigen Dusche wählt er heute
einen feinen grauen Zwirn als Sakko und eine klassische
Hose in schwarz. Das blütenweiße Hemd und der leichte
Duft des edlen Herrenparfüms geben ihm die nötige
Sicherheit. An der Rezeption des Scandic bestellt er ein
Taxi zum Flughafen, das seinen Chef gegen 9.30 Uhr
abholen soll. So, das wäre geklärt! Mittlerweile ist Eloise

dazu gestoßen und sie gehen schnellen Schrittes in den großen Wintergarten zum Frühstück. Das Frühstücksbuffet kann sich sehen lassen. Berge von Brotsorten, Brötchen, Kuchen und Gebäck warten auf den hungrigen Esser. Allein der warme Teil aus diversen Eierspeisen, Pfannkuchen und Waffeln, Würstchen und Bohnen ist enorm. Aber auch der süße Teil kann sich sehen lassen. Dazu eine Auswahl der verschiedensten Müslis, große Wurst- und Fleischplatten, Himmel, es ist das nordische Schlaraffenland. Heiner wählt sich ein kerniges Müsli mit Nüssen und Früchten aus. Dazu einen starken schwarzen Kaffee und die Lebensgeister laufen zur Hochform auf. Anders bei Eloise. Sie nippt an einem heißen Pfirsichblütentee und knabbert gekonnt ein französisches Croissant dazu.

Ach, welch ein Tag.

Heiner genießt die weite weiße Landschaft vor dem Wintergarten, als er Herrn Blumberg gehüllt in einen braunen Pelzmantel auf sich zukommen sieht. Die Begrüßung ist sehr freundschaftlich, fast schon familiär. Zusammen frühstücken sie weiter und Heiner erzählt von Knut. Blumberg ist erstaunt über das Weihnachtsdorf und die darin gedrehten Filmpassagen. Also beschließen sie, zuerst zu Knuts Büro und dann zum Weihnachtsdorf zu fahren.
Ein Shuttle bringt sie in die Stadt. Knuts Büro liegt in dem Bürgerhaus im ersten Stock. In einem Vorraum werden sie empfangen und dann in Knuts Büro geführt. Das Büro entpuppt sich als großer Bürgersaal. Riesige Geweihe hängen von den Wänden, stabile Holzstühle laden an einem großen Tisch zum Verweilen ein. Alles ist groß und mächtig wie Knut, der sie mit freundlicher

Miene per Handschlag begrüßt.

Heiner spricht Englisch, als er seinen Chef vorstellt. Knut sieht lange und scharf in Blumbergs Augen, dann lacht er und klopft ihm auf die Schulter. Er schüttelt sein ungestümes, wirres rotes Haar, nickt mit dem Kopf und zwirbelt seinen mächtigen Bart. Alle schauen sich gleichzeitig an. Dann geht Knut zu dem großen Tisch, nimmt eine schwarze Mappe und übergibt sie den Herren. „Ok" war alles was er sagt. Eine braunhaarige Dame kommt mit einer Flasche und drei Gläsern in das Büro. Knut schenkt jedem ein Glas ein, sieht den anderen in die Augen und trinkt beherzt aus. Blumberg und Heiner tun es ihm gleich.

Zum Glück war das Angebotene nicht das Teufelszeug vom Vorabend, nein, es war ein angenehmer leichter Brand. Zum Glück. Die Verhandlungen laufen reibungslos und professionell. So schnell wie sie gekommen waren, war der Besuch auch schon vorbei. Wortlos steigen sie wieder in das Shuttle und lassen sich ins Weihnachtsdorf fahren. Der Weg ist weit und so haben sie Zeit, sich die Mappe von Knut anzusehen. Viele Zahlen und Vermerke lassen die Größe des Projektes ahnen. Stolz wie Oskar liest Heiner die Wünsche der Finnen vor. Broschüren, Plakate, Flyer, Zeitungsannoncen usw., all dies braucht das neue Projekt.

Denen werden wir einen guten Preis machen und trotzdem ist es für uns ein Sechser im Lotto.

Mit glühenden Augen und voller Stolz über den Coup sieht Heiner seinen Chef an und der drückt ihm zum wiederholten Male die Hand. Eigentlich ist er ein ernster Mensch, der nie sein Herz auf der Zunge trägt. "Klasse, das hätten wir geschafft Heiner."

Auf zum Weihnachtsdorf, da wird Herr Blumberg Augen machen.

Frohen Mutes fliegen sie mit dem Shuttle durch die eisige, bizarre Landschaft. Kindheitserinnerungen an fröhliche Schlittenfahrten folgen den Erinnerungen an wilde Schneeballschlachten. Herr Blumberg denkt an alte Zeiten. Das schöne Leben mit seiner Familie, an seine verstorbene Frau und den kleinen Sohn. Alles lange aus und vorbei. Schwer entfleucht ihm ein tiefer Seufzer und sein Herz wird schwer und traurig. Die Melancholie der weißen Pracht lässt ihn erkalten. Wie gerne ist er mit seiner Frau Hand in Hand an Winterabenden spazieren gegangen. Als ihre schwere Krankheit kam, setzte er alle Hoffnung auf ihre Genesung. Doch es blieb ihm nur zu hoffen und abzuwarten, bis sich herausstellte, dass der Krebs den Kampf gewinnen würde. Alles vergebens, alles unwiederbringlich. Sein wunderbares ruhiges, schönes Leben, ausgewischt mit einem Paukenschlag. Seine Augen füllen sich leicht mit Tränen, die unendliche Einsamkeit, in der er seitdem lebt, wird ihm schmerzlich bewusst. Ein Mensch unter hunderten Menschen und doch allein. Sein Atem geht schneller. Und dann das Desaster mit seinem Sohn. Immer schon verwöhnt und aufsässig, übellaunig und dann auch kriminell geworden. Nein, das Leben hat es diesbezüglich nicht gut mit ihm gemeint. Gut, dass seine Frau den Untergang ihres Schorschs nicht miterleben musste. Die Finger seiner Hand verkrampfen sich zu einer geballten Faust. Weiß stehen die kleinen Fingerknochen hervor und er beginnt, sie intensiv zu reiben.

191

Doch was geschieht? Eine schmale Hand ergreift seine steifen Finger und drückt sie ganz fest. Immer wieder drückt Heiners Hand zu und das Blut fließt in die Hand zurück. Und nicht nur das Blut. Eine angenehme Wärme steigt in ihm auf. Er kann wieder tief durchatmen und sich entspannen. Eigentlich ist er ja nicht allein. Alles Schlimme und nie Ausgesprochene wird weggewischt. Durch ein Gefühl der wieder belebten Freude und der Hoffnung. Ja, er hat wieder eine Zukunft. Dieser junge stille, unauffällige Mensch neben ihm, ist ein Schatz. Ein ungeschliffener Diamant. Er reißt ein Loch in Blumbergs trübe Gedanken und schafft es, dass er sich wieder auf sein Leben und auch sein Lebenswerk konzentrieren kann. Der Seelenschmerz wird kleiner. "Mensch Heiner, ich weiß erst jetzt, wie gut sie mir tun. Nicht nur wegen des spektakulären Auftrages, nein als Mensch." Herr Blumberg bekommt leicht rosige Bäckchen und nickt Heiner erleichtert zu. Seine Gedanken sind in einem Karussell, es dreht sich schnell und macht ihn schwindelig.
Zum Glück ist der Weg geschafft, das Weihnachtsdorf liegt ihnen zu Füßen. Heiner hat die Situation von Herrn Blumberg erkannt. Er weiß nur zu gut, wie wichtig menschliche Wärme und Nähe sind. Also lenken sie ihre Schritte bewusst langsam zu der wunderschönen Eiskapelle. Mit kaltem Herzen und heißem Kopf kann eine sakrale Ruheminute nicht schaden. Staunend stehen sie vor dem eisigen Altar. Die weiße Kälte, die wunderschöne Umgebung schenken Ruhe und Kraft. Ein Wunder, denkt Blumberg und eine Träne rollt über seine schmale Wange. Und dann geschieht das Unverhoffte. Wie ein Engel steht sie plötzlich da. Einfach so. Gehüllt in weißen Pelz mit rosigem Mund und leuchtenden Augen. Eine Erscheinung?

192

Mit schnellen Schritten läuft der Engel in ihre Richtung, ergreift Heiners Gesicht und küsst ihn. Einen Kuss nach dem anderen. Vom rosé gefärbten Lippenstift wird Heiners Gesicht rosa. Er fällt in eine Schockstarre und reißt den Mund auf. Herr Blumberg weiß nicht wie ihm geschieht, als der Engel auch ihm rechts und links einen Schmatzer aufdrückt. „Heiner, mein Guter, wie habe ich Dich vermisst. Was ist auf dem Schiff geschehen, plötzlich warst Du nicht mehr da? Ich habe mir große Sorgen gemacht. Auf meiner Burg habe ich alle Hebel in Bewegung gesetzt, um Dich zu finden. Ich dachte schon, es wäre aussichtslos, als mein Butler, der anscheinend zu viel Zeit am Handy verbringt, mir das Foto auf YouTube zeigte. Ich war fassungslos. Mein Heiner, nackt auf YouTube! Wer hat dieses schändliche Video gemacht? Zum Glück konnte ich das Hotel ausfindig machen und bin sofort zu Dir geeilt, um Dich zu retten.“ Heiner hört mit offenem Mund zu. „Elvira, wo kommst Du denn her? Wie hast du mich gefunden? Und was für ein Foto? Was ist das mit YouTube?“

Ich werde gleich verrückt.

Heiners Gedanken rasen hin und her. Der Schreck, der Schock, die Kälte, es war für ihn zu viel auf einmal. Heiner weicht die Farbe aus dem Gesicht und er fällt um. Längelang. In Ohnmacht. Das Eis knackt hart, als er mit seinem Körper aufschlägt. Elvira herrscht Blumberg an. "Machen Sie doch was, holen Sie Hilfe, ich halte seinen Kopf." Das hatte sie einmal in einer Fernsehsendung gesehen und sich sofort wieder daran erinnert. Blumberg rutscht vorsichtig auf dem glatten Eisboden nach draußen und kommt einige Minuten später mit drei Elfen zurück. Ihre langen grünen Mützen haben sie

ausgezogen und wie Gürtel um die Taille gebunden. Elvira hält noch immer Heiners Kopf in ihrer Hand und klatscht ihm unentwegt auf die Wangen. Die Elfen heben Heiner hoch und tragen ihn vorsichtig nach draußen. Elvira klammert sich weinend an Blumberg. Sie jammert und schreit und mit ihrem Getue macht sie den armen Mann ganz verrückt. Mit starkem Griff befreit sich Blumberg und verpasst der hysterisch werdenden Elvira eine leichte Backpfeife. Sofort wird sie ruhiger und er ergreift den Augenblick der Ruhe. „Darf ich mich Ihnen zuerst einmal vorstellen, mein Name ist Blumberg und ich bin der Chef von Heiner. Bevor wir uns weiter hier zu Tode frieren, schlage ich vor, wir gehen einen starken Kaffee trinken und beruhigen uns erstmal. Dann gehen wir in die Sanitätsstube und kümmern uns um den armen Heiner. Ich bin jetzt fix und fertig und möchte nicht das nächste Ohnmachtsopfer sein. Kommen Sie.“
Überrascht lässt sich Elvira in das benachbarte Café führen. Brav trinkt sie das heiße Getränk in kleinen Schlucken. Ihr Atem wird ruhiger. Sie dreht verlegen an ihrem kostbaren Ring und versucht ein Gespräch anzufangen. „Sie müssen mir mein unmögliches Auftreten verzeihen. Seit ich allein lebe und um die Welt jette, habe ich das Feingefühl ein wenig verloren. Verzeihen Sie! Die ewige Einsamkeit hat mich hart und eigensinnig gemacht. Schrecklich. Mein Name ist Elvira von Sitzelbach-Vodss, Witwe von Stahlmogul Voss. Seit dem Tode meines Mannes renne ich kopflos durch die Welt und versuche meine große Einsamkeit zu vergessen. Entschuldigung, ich habe meine frühere Contenance verloren. Bei uns gingen die Großen der Welt ein und aus. Unsere Burg war unser Nest, viele schöne Feste wurden dort gefeiert, aber nun ist alles vorbei. Der Glanz der Liebe wurde jäh ausgelöscht. Wir

waren 30 Jahre glücklich, aber der plötzliche Tod meines Mannes hat alle Wärme in mir gelöscht." Elvira blickt Blumberg in die Augen. Ihre Worte könnten die Seinen sein, er empfindet genau wie sie. Blumberg starrt zuerst stumm vor sich hin. In seinem Gesicht regen sich die Muskeln zu einem Mienenspiel. Er hat sich nicht mehr richtig unter Kontrolle. Die Sehnsucht nach seiner Irmi, so nannte er seine Frau Irmgard, nimmt von ihm Besitz. Er hatte es schon so gut im Griff, aber Elviras Worte reißen seine alten Wunden wieder auf.

Laut tickt die Zwergen Uhr in der Ecke. Gäste kommen herein und gehen wieder, aber die beiden sitzen zusammen und ergänzen sich wortlos in ihren Gefühlen. Draußen tanzen kalte, kleine, weiße Schneeflocken um den Cafépavillon herum und drinnen fahren ihre Gefühle Achterbahn. Nach einer längeren Zeit besinnt sich Blumberg auf den armen Heiner und erinnert Elvira daran, doch zum Sanitäter mitzukommen. Sie haken sich ein, denn draußen ist der geräumte Weg inzwischen wieder zugeschneit und zugefroren. Sie wenden sich nach links zum Sanitätsstützpunkt, als sie, ohne etwas zu ahnen, vom Erdboden verschwinden. Mit einem Klack rutschen sie eine Rampe hinab in den Vorratskeller des Cafés. Welch ein Moment des Schreckens!

Der eisige Abstieg ist kurz und ohne Gnade rutschen sie ständig nach unten. Unten angekommen liegen sie sich ungewollt in den Armen und Elvira will zu schreien beginnen. „Nein, nicht schon wieder," sagt Blumberg und streichelt Elviras Wange. „Wir sind ja nur in ein Loch oder so was gefallen, keine Angst, Gnädigste, da kommen wir gleich wieder raus. Keine Angst, ich bin ja bei Ihnen." Elvira schreit nicht.

In dem dunklen Raum sehen sie bei dem spärlichen Licht nicht genau, wo sie sind. An einer Wand stapeln sich unzählige Kästen mit diversen Getränken. Alles steht geordnet auf dickem Schaumstoff. Dosen mit eingelegtem Gemüse, eingekochtes Obst und konserviertes Fleisch können sie gerade noch erkennen. Zäh schleicht die Kälte des eisigen Bodens in ihre Füße. „Wir müssen vom Boden weg und uns auf etwas drauf stellen, sonst haben wir keine Chance nicht zu erfrieren. Ich habe mal gelesen, dass man auf eisigem Boden nur 10 Minuten aushält, dann verliert man die Besinnung. Bis dann die Küche wieder aufgefüllt wird, sind wir tot." Elvira gehorcht wie ein Lämmlein. Sie sucht mit Blumberg leere Kästen zum Draufstellen. Er findet einen leeren Mineralwasserkasten, sie einen für modische Mixgetränke. Sie drehen die Kästen um, um besser stehen zu können. Dicht an dicht stehen sie nun in der dunklen Kälte. „Wir müssen uns umarmen und uns ein System überlegen, wie und wann wir zusammen um Hilfe rufen. Wir müssen systematisch vorgehen, bevor unsere Kräfte schwinden", sagt Blumberg. „Ich habe schon vor Jahren eine Polarkreuzfahrt mitgemacht und kenne eine Übung, die kann Leben retten", sagt Elvira. Sie rudert mit den Armen und hebt nacheinander die Füße an. So stehen sie voreinander, versuchen etwas ungeschickt die Übung zu absolvieren und ermüdet vom Turnen können sie nur eins, den anderen umarmen und versuchen die Balance zu halten. Es ist ihnen nicht einmal peinlich. Blumberg sieht Elvira in die Augen und drückt sie fest an sich. „Wie ist Ihr Vorname, meine Liebe? Wenn wir nun schon so privat aneinanderhängen müssen, wäre es einfacher, wenn wir uns beim Vornamen nennen könnten. Ich heiße Wilhelm, Wilhelm Blumberg" „Und ich, Elvira, Elvira von Sitzelbach-Voss." „Angenehm." „Sollen wir nun gemeinsam rufen? Okay, bei drei" „Hilfe! Hilfe! Wir sind im Kellerraum.

196

Hilfe! Hilfe!"

Nichts.

„Hilfe! Hilfe! Wir sind im Kellerraum. Hilfe! Hilfe!"

Wieder nichts.

Plötzlich vernehmen sie Stimmen, fremdländische Stimmen. Eine Gruppe asiatischer Touristen wird durch das Weihnachtsdorf geführt. Ihr lautes Geschnatter ist nicht zu überhören. „Jetzt zu rufen macht keinen Sinn, wir warten bis der Lärmpegel abschwillt." Sie warten. Elvira errötet leicht, als sie versucht, sich ein Taschentuch aus dem weißen Pelzmantel zu ziehen. Sie berührt leicht seinen Mantel und spürt seine Wärme. Das verwirrt und berührt sie sehr. „Oh, Gott, wieso habe ich ihn angefasst?" denkt sie. Es war nicht meine Absicht. Was denkt er nun von mir?" Elvira errötet. „Ich wollte nur"…, sagt sie und schon zieht sie Blumberg zu sich und gibt ihr einen zaghaften Kuss. Ein mächtiges Gefühl des Glücks durchzuckt die Beiden.
Die jahrelange Abstinenz, die lange Trauerzeit, die unendliche Sehnsucht, dazu die ungewöhnlich intime Situation hat Blumberg erfasst und lässt sein Herz rasen. Da ertönt von Ferne ein Weihnachtslied begleitet von einer Harfe. Zarte Melodien und Engelsgesang umhüllt ihre Herzen und verzaubert sie. Er lächelt stolz wie ein Sieger, er hat sich selbst überwunden. Und als wäre das Eis zwischen ihnen geschmolzen, küssen sie sich ein ums andere Mal. Ihre Körper verschmelzen aneinander geschmiegt in einer Woge unendlichen Glücks. Zeit und Raum verschwinden, die unerwartete Liebe blüht auf. Vergessen sind Einsamkeit und Sehnsucht nach

menschlicher Wärme. Und dann ist es da, das tiefe Gefühl der Geborgenheit, des Angekommen seins. Sie stehen auf wackeligen Kästen und sind doch so fest zusammen, wie man es nur sein kann. Tief blickt Blumberg in Elviras Augen und strahlt sie an. Elvira wirkt jung, er ungewohnt dynamisch. Der Zauber der Liebe umgibt sie.

Ihre Lippen berühren sich mal um mal, als mit einem donnernden Knall die Kellertür aufgerissen wird. Durch den Schreck kippt Elvira nach vorne und zieht Wilhelm mit sich in die Tiefe. Sie fallen sanft, denn durch die dicken Wintersachen wird der Aufprall gemindert. Sie liegen aufeinander und sehen sich an. Wilhelm sieht in kleine grüne Sterne. Elviras Augen funkeln wie Bernstein. Schon seit gefühlten Ewigkeiten war ihm keine Frau so nahe. Und dann diese Augen! Wilhelm wird, wie in Kitschromanen oft beschrieben, von Amors Pfeil getroffen. Er bemerkt eine unerwartete Erregung und vergisst alles um sich herum. Seit dem Tod seiner Frau hat er nie mehr an Liebe und Sex gedacht, aber nun überschlagen sich seine Gefühle. Das kuschelige Fell des Wintermantels, umgeben von der eisigen Kellertemperatur hat seine eingefrorenen und vergessenen Leidenschaften wiedererweckt. Er könnte sofort, jetzt und hier … Ihm wird leicht schwindelig und er hält sich intensiv an Elvira fest. Auch sie durchzuckt ein Strahl der Leidenschaft.

Seit Jahren, nach dem Tod ihres Mannes, hat sie sich mit kleinen Flirts und unbedeutenden Abenteuern Zufriedenheit verschafft - oder in Wahrheit erkauft. Die wenigen jungen Männer, die sie mit ihrem Reichtum und großzügigen Geschenken überschüttet hatte, suchten immer nur ihr Geld. Doch jetzt in diesem Augenblick schwillt ihr Herz an, schon vergessene Sehnsüchte nach

Geborgenheit und Glück flackern wieder auf. Sie sieht in Wilhelms Augen ein aufglimmendes Feuer, eine schon vergessene Leidenschaft. Ein unbändiges Glücksgefühl stellt sich ein und sie atmet immer schneller. Ein kleiner zaghafter Kuss bringt den Vulkan zum Explodieren. Ihre Hände tasten den anderen auf und ab, ihr Atem geht immer schneller und ihre Lippen können nicht mehr voneinander lassen. Sie küssen sich wieder und wieder und atmen zusammen im Gleichklang der Liebe. Eng umschlungen liegen sie da und erleben das Glück einer späten Liebe…

Allmählich wird die Leidenschaft langsamer, die Kälte holt sie in die Gegenwart zurück. Sie schauen sich tief in die Augen und müssen lachen. Wie konnte das passieren? Immer wieder müssen sie lachen, ihre Körper schütteln sich und sie versuchen wieder auf die Beine zu kommen.

Doch die eisige Kälte hat ihre Mäntel aneinander frieren lassen. Sie können nicht mehr voneinander los. „Das ist ein Wink des Schicksals, liebe Elvira, ich werde Dich nie wieder loslassen. Wie unsere Mäntel aneinanderkleben, so werde auch ich Dich nie wieder gehen lassen. Es scheint mir wie ein Wunder. Ich habe seit ewigen Zeiten wieder Gefühle wie ein Mann und nicht wie ein trauernder Witwer, der getröstet werden will, nein, wie ein Mann. Ein Mann mit einer Zukunft. Ich kann es nicht fassen, aber es ist ein Wunder geschehen. Elvira, ich glaube, ich habe mich verliebt."

Von draußen erscheint der Kopf des Weihnachtsmannes. Seine lange rote Mütze und der riesige weiße Rauschebart umgeben sein sonst so freundliches Gesicht. Er sieht die beiden Verliebten auf dem gefrorenen Boden und ist sehr erbost. „He, he, was fällt Ihnen ein? Was, um Gottes Willen, machen Sie in unserer Vorratskammer? Und dann auf dem Boden! Wie Teenager! Ich kann es nicht fassen, mieses Gesindel.“

Er hält seine Taschenlampe mit grellem Schein auf die beiden und versucht den Lichtschalter an der steilen Treppe zu finden. „Und dann in Eurem Alter! Wenn Sie nun junges Gemüse wären, könnte ich noch ein Auge zudrücken, aber bei Ihnen bin ich baff. Wie können Sie nur!“

Elvira und Wilhelm schauen sich an. Niemand wird ihnen glauben, dass sich die unangenehme Situation von selbst ergeben hat. Sie versuchen wieder aufzustehen, aber sie rutschen wieder und wieder auf dem Eis ab. Durch den Tumult und das Gelächter angezogen zeigen sich zwei weitere Köpfe an der Kellertür. Zwei dralle Engel mit mächtigen roten Backen schauen von oben herab. Staunend sehen sie den glatten Aufstehversuchen der beiden zu. „Alles klar, Meister? Jo und ich gehen in die Pause. Die Asiaten sind schon in der Halle und reden wie verrückt auf uns ein. Wir müssen dringend nach draußen, Chef. Bis gleich.“ Schon waren die Dicken verschwunden. Der wütende Weihnachtsmann zieht sein Handy aus der Tasche und wählt eine Nummer. „Hier haben sich zwei an unseren Sachen zu schaffen gemacht, kommt mir helfen, wir bringen sie ins Schloss.“

Nach einigen Minuten eilen vier Zwerge in geringelten Shirts zu ihnen in den Keller. Ihre großen Augen leuchten wütend und gar nicht freundlich. Sie packen Elvira, stellen sie auf die Beine und ziehen den angefrorenen Pelz von Wilhelm ab. Ohne viel Trara schleppen sie sie mit sich davon. Wilhelm greifen sie unter die Arme, ziehen ihn mit dem gefrorenen Mantel hoch und zerren ihn unfreundlich knurrend hinaus in den Schnee. „So, Freundchen, jetzt geht's zur Chefin. Bin gespannt, was Sie zu erzählen haben. Aber aufgepasst, die Chefin versteht keinen Spaß." Und so geht und rutscht Wilhelm Blumberg, der Chef von hunderten Angestellten eines weltbekannten Verlags, flankiert von feixenden geringelten Zwergen, in das eisige Schloss der ‚Chefin'. Es bleibt ihm keine Zeit zu denken. Er lässt sich führen, eine Erklärung wäre an dieser Stelle falsch. Schon der barsche Weihnachtsmann gab ihm vorhin keine Chance für Erklärungen. Oh, was für eine Welt! So treffen sich Elvira und Wilhelm wieder in einem kleinen, zum Glück, gewärmten Zimmer im eisigen Schloss. Froh sich wieder zu sehen, nehmen sie sich in den Arm und drücken sich fest.

Schon öffnet sich die Tür und eine kleine, weiß gekleidete Dame mit goldenen Engelsflügeln erscheint. Ihre zierliche elfenhafte Gestalt lässt einen lieben Engel vermuten, doch das passt gar nicht zu ihrem unfreundlich verzerrten Gesicht. Sie schaut wie ein alter Dorfpolizist in die Runde und bleckt ihre kleinen weißen Zähne. „Was fällt Ihnen ein, unsere Vorräte zu plündern? Sich einfach in den Keller zu flüchten, ist kein Kavaliersdelikt. Zum Glück hat unser verfressener Weihnachtsmann sich wieder eine Dose eingekochtes Obst schnappen wollen und Sie dabei erwischt. Ich werde die Polizei verständigen lassen und Sie solange festsetzen. Ein so altes Paar und dann solch kriminelle Energie, wie schändlich von Ihnen." Elvira und Wilhelm sind entgeistert und schauen entsetzt zum feixenden Engel. Die Tür der kleinen Kammer wird aufgerissen und ein weiß gekleideter Mann mit einem Schneemannshut kommt herein. Sein Haar ist nass und er spricht schnell. „Ich habe beim Schneekehren gesehen, wie die beiden wie vom Blitz getroffen auf dem Weg vom Café kommend verschwunden waren. Einfach weg. Ich wollte sie noch wegen der Glätte warnen, aber da waren sie schon vom Erdboden verschwunden. Hokuspokus." „Was?" sagt der böse Engel." Sie haben die beiden beobachtet? Sie waren plötzlich verschwunden? Einfach so? Erkläre mir das, Schneemann!"

Jetzt ergreift Wilhelm das Wort. Ihm wird der ganze Spuk zu viel. „Was bilden Sie sich ein, uns eines solchen Verbrechens zu bezichtigen, wo wir doch friedliche seriöse Besucher ihres Dorfes sind. Wir sind in den Keller gerutscht, wieso auch immer. Vielleicht hat einer ihrer gemästeten Engel die Ladeklappe nicht ordentlich verriegelt. Oder sonst ein Irrer nicht ordnungsgemäß gearbeitet. Wir hätten uns zu Tode stürzen können. Und dann wagen Sie es, uns zu beschuldigen, anstatt sich zu entschuldigen. Ich habe diese wunderbare Dame erst vor wenigen Minuten kennengelernt und nur dieser Tatsache bleibt es geschuldet, dass ich nicht ausraste. Aber dass ich Sie verklagen werde, kann ich Ihnen schon jetzt versichern. Auch werde ich mich beim Bürgermeister Knut über diese Vorgehensweise beschweren und ihm über sein unqualifiziertes Personal die Augen öffnen. Durch diesen Unfall ist mir bewusst geworden, was ich seit langem vermisst habe und nun habe ich sie wiedergefunden, die Liebe." Er nimmt Elviras Hand und küsst sie. „Ich schäme mich, solch eine wunderbare Frau in diese missliche Lage gebracht zu haben. Entschuldigen Sie sich auf der Stelle bei ihr. Ich werde die Besitzer des Dorfes auf die unmöglichen Zustände hier aufmerksam machen. Wie kann man ein Weihnachtsdorf leiten und solch einen bösartigen, menschenverachtenden Charakter haben. Ihre Glöckchen haben ausgebimmelt. Ich werde meine Macht und mein Geld in die Waagschale werfen, um hier mal Ordnung zu schaffen. Sie werden noch von uns hören."

Dem Engel steht der Mund weit offen. Damit hatte sie nun wirklich nicht gerechnet. Die Zwerge huschen davon und Wilhelm geleitet seine Elvira nach draußen. Niemand versucht sie aufzuhalten.

Schon von weitem sehen sie einen schmalen Mann auf sich zukommen. Heiner naht mit schnellen Schritten. Ein großes Hallo, dann haken Wilhelm und Elvira Heiner unter die Arme und gehen flott zum Parkplatz, wo ihr Fahrer sich auf dem Rücksitz zu einem Schläfchen hingelegt hat. Die Fahrt zum Hotel wird wortlos absolviert, niemand hat Lust zu reden, alle müssen das sonderbare Geschehen erst verkraften. Wilhelm und Elvira geben sich unbewusst die Hände – Stille im weißen Schnee. Eloise wartet in der Hotellobby. Sie fliegt in Heiners Arme und küsst ihn unbändig ab. „Ich habe Dich so vermisst. Musst Du immer so viel arbeiten?" Ihr leichter französischer Akzent ist umwerfend. „Wir haben unsere Szenen im Kasten, morgen reisen alle ab. Der Film ist fertig gedreht. Komm, mein Schatz, wir machen noch eine Schlittenfahrt zusammen. Diesen herrlichen Schnee werde ich irgendwie vermissen." „Eine gute Idee," meint Heiner, „aber darf ich Dir Elvira vorstellen. Sie kam wie ein Rauschgoldengel ins Weihnachtsdorf geflogen und musste leider erleben, dass Weihnachten hier ein bitteres, eiskaltes Geschäft ist. Aber dazu später. Lass uns doch zuerst eine Pause machen, ich bin völlig fertig, dann fahren wir bei Einbruch der Dunkelheit zusammen mit Wilhelm und Elvira in der Kutsche durch die wunderbare Polarnacht. Vielleicht sehen wir auch einige Polarlichter, das wäre doch wunderbar." Durch die Halle kommt Clooney mit seinem Team auf Heiner zu. „Ich hoffe, wir haben heute noch Zeit zum Verabschieden, also bis später, auf einen Drink."

Elvira kann es nicht glauben, der leibhaftige George Clooney hat neben ihr gestanden. Und heute Abend gibt's gemeinsame Drinks? Was für ein Tag! Wilhelm geleitet seine neue Liebe in ihr Zimmer und legt sich ebenfalls in seiner Suite zu Bett. Er faltet die Hände zum Gebet und dankt dem Herrn für die wunderbare Begegnung mit Elvira. Dann richtet er seine Worte an seine verstorbene Frau: „Liebes, mir ist heute etwas passiert, was ich nicht beabsichtigt habe. Ich habe mich neu verliebt. Mein Herz hüpft in meiner Brust, ich bin, seit Du mich verlassen hast, zum ersten Mal wieder glücklich. Ich hatte schon fast vergessen, wie es war, glücklich zu sein. Sage mir, mein Herz, ist es richtig, was ich tue? Darf ich wieder glücklich sein? Gib mir ein Zeichen, damit ich weiß, dass Du einverstanden bist."
Dann schläft Wilhelm tief und fest ein. Im Traum sieht er seine Frau, die ihm zuwinkt und ihre Hand auf ihr Herz legt. Sie ist einverstanden.
Plötzlich schrillt das Telefon und Elvira weckt Wilhelm auf. „Gehen wir gemeinsam zum Abendessen? Heiner hat für uns einen Tisch bestellt. So in einer halben Stunde? Ich freue mich auf Dich." Beschwingt eilt Wilhelm ins Bad und kleidet sich schick zum Abendessen mit seiner neuen Herzensdame an. Heiner klopft an die Tür und holt seinen Chef zum Abendessen ab. Die Damen warten schon in der Halle und man begrüßt sich sehr herzlich. Eine familiäre Stimmung stellt sich ein, als sie sich aus der reichhaltigen Speisekarte das Menü zusammenstellen. Wilhelm bestellt Wein und Wasser, fast so, als würden sich alle schon ewig kennen. Es wird gelacht und kräftig zugelangt. Das Essen schmeckt wunderbar und die nordische Vorspeisenplatte erstaunt die Gemüter. Elchschinken, Rentiersalami und knallrote Krebse sind

nur einige der unbekannten Leckereien. Der abschließende Beerenpudding lässt alle zufrieden in ihre Stühle sinken.

Durch die erleuchteten Fenster des Restaurants sehen sie eine beeindruckende Kutsche vorfahren. Sechs Rentiere ziehen das Gespann. Es kann also losgehen. Schnell brechen sie auf und ziehen sich in ihren Zimmern dicke Wintersachen über. Zum Glück sind die gefrorenen Pelze wieder getrocknet und hüllen in wunderbare Wärme ein. Lachend und scherzend steigen sie in das wartende Gefährt. Der Kutscher begrüßt sie herzlich und packt sie in große mitgebrachte Felldecken ein. Dann hebt er einen Korb auf den Kutschbock und schon beginnt die rasante Fahrt. Wilhelm hat den Arm um Elvira gelegt und Heiner kuschelt mit Eloise auf der anderen Seite. Die abendliche Stille lässt den Schnee knirschen und nach einiger Zeit atmen alle in einer weißen eisigen Nebelfahne. Eine Kutschfahrt durch die verschneite Polarnacht birgt den Reiz des Übernatürlichen. Das sanfte Ruckeln der Kutsche, das Vorbeifliegen der dick verschneiten Tannen, der kalte Atem, alles wirkt märchenhaft, fast unwahr. Die dicken Felldecken geben eine sanfte Wärme ab und es entsteht ein Gefühl der Ewigkeit. Nichts stört. Keine Gedanken. Nur Wunderbares.

Heiner drückt seine Eloise an sich und wünscht sich, immer bei ihr zu sein. Heute sind die Dreharbeiten beendet und morgen reisen alle wieder in die Welt.

Ich muss es wissen.
Das ist meine Chance.

Er gibt dem Kutscher ein Zeichen und die Kutsche bremst hart ab. Die Rentiere scharren mit den Hufen, sie wollen nicht stehen bleiben, sondern laufen. Heiner lässt sich den gefüllten Korb reichen und verteilt die kalten Sektgläser. Mit lautem Knall öffnet er die Flasche und gießt aufgeregt allen ein. Dann ergreift er das Wort und alle halten den Atem an.

„Liebe Eloise, mein ruhiges stilles Leben hat sich in letzter Zeit total gewandelt. Ich erlebe ein Abenteuer nach dem anderen, ich lerne wunderbare Menschen kennen, ich reise in Gebiete, wie ich es mir nie erträumt hätte. Aber das Beste in meinem Leben ist die Begegnung mit Dir. Noch nie habe ich ein so wunderbares Wesen kennen und lieben gelernt. Ich wusste gar nicht, was Liebe ist. Und dann habe ich Dich im Pool des Grandhotels gesehen und es hat mir den Atem verschlagen. Noch mehr Glück fühlte ich, als ich Dich wieder getroffen habe und von Dir verzaubert wurde. Du bist das Wunderbarste und Tollste was ich jemals getroffen habe, bitte lass uns zusammenbleiben und werde meine Frau. Ein Tag ohne Dich ist ein verlorener schwarzer Tag. Eloise, ich liebe Dich." Heiner kniet vor Eloise nieder und in der Enge der Kutsche wird allen warm. Eine so innige Liebeserklärung hatte Wilhelm noch nie gehört. Die Augen der Mitfahrer füllen sich mit Tränen. Dann küssen sie sich voller Glück. In dem Moment reißt die Wolkendecke auf und ein Meer von bunten Lichtern zuckt über das Firmament. Glücklich schauen alle auf die seltenen Polarlichter, trinken den kühlen Sekt und sind die glücklichsten Menschen der Welt.

Der Kutscher packt die Gläser wieder ein und verteilt Stücke von einem finnischen Topfkuchen. Den essen alle mit Genuss, auf diese Aufregung kann etwas Zucker nicht schaden. Gut zugedeckt geht das Himmelsspektakel weiter. Zuerst sind es wenige hellgrüne Streifen am

Horizont, dann drängen rosafarbene, lila und dunkelgrüne Streifen hinzu. Ein Meer an Farben schwebt in einer großen Formation über sie hinweg. Dann schweben rosa und rote Lichter zusammen.

Ein Herz?
Bilden sie ein Herz?
Ist es ein Zeichen oder nur die atemberaubende Natur?

Egal, alle genießen das unglaubliche Schauspiel und die Herzen quillen über vor Freude. Der Zauber der Polarlichter zieht alle in seinen Bann. Zurück am Hotel sind alle in Gedanken versunken, die Liebenden sehen sich ständig in die Augen und träumen von der Zukunft, Elvira aber ist still in sich gekehrt.
Mit Wilhelm im Arm erkennt sie ihre albernen Versuche nach gekauftem Glück, ihre weltweiten Männerjagden in mondänen Promiorten und auf Luxuskreuzfahrtschiffen rund um die Welt, nur als ein lächerliches, dummes Getue, das nur ihre unendliche Einsamkeit verschleiern sollte. Aber jetzt hat es der Himmel gut mit ihr gemeint. Sie hat einen stattlichen warmherzigen Mann getroffen, bei dem sie sich geborgen fühlt und mit dem sie sich eine gemeinsame Zukunft vorstellen kann. Welch ein unvorstellbares Glück! Sie schaut zum grauen Himmel hinauf und sieht eine rötliche, leicht rosafarbene Lichtkreation schwenkend von links nach rechts, zurück in ein grünblaues Band hinein verschwimmen. Ein Zeichen am Himmel? Dann bricht es aus ihr heraus. Der Kummer der letzten Jahre, der Verlust des lieben Ehemannes, die einsamen Nächte in der Burg, die vielen Versuche, Anschluss zu finden und immer abgewiesen zu werden, all das bricht aus ihr heraus. Tränen strömen unaufhaltsam über ihr Gesicht, ihr Körper bebt vor Gefühlen, kalter

Schweiß bedeckt ihre Stirn. Einige Minuten steht sie so da, ein armer reicher Mensch, klein, nackt, unbedeutend in dieser überwältigenden riesigen Natur.

Da fühlt sie eine starke Hand in ihrer Hand, ein zärtliches Streicheln auf der Wange, einen sanften leichten Kuss auf ihrem Mund und sie lehnt sich an Wilhelm, der wie ein Fels in der Brandung an ihrer Seite steht. Keine Worte, nur Blicke, Seelenverwandte treffen aufeinander und werden sich dieser magischen Begegnung bewusst. Starke Gefühle, warme sich entwickelnde Liebe in eisiger Natur. Die Welt steht still, diese beiden haben sich gefunden.

In der mollig warmen Hotelbar sitzen die vier noch lange zusammen und besprechen den morgigen Tag der Abreise. Heiner freut sich auf die neue Arbeit im Verlag, es gibt jetzt viel zu tun. Die Prospekte, Broschüren, Plakate der neuen Weihnachtswelt werden einige clevere Vermarktungsideen brauchen.

Das wird viel Arbeit werden, aber ich freue mich darauf, endlich zu beweisen, was ich alles leisten kann.
Wenn wir zurück sind, werde ich mich sofort nach einer Bleibe für Eloise und mich umsehen.
Meine Wohnung ist ja wirklich nur für eine Person ausgelegt.
Oh, was für eine wunderbare Welt.

Heiner strahlt wie ein Honigkuchenpferd und kann nicht aufhören, Eloise wieder und wieder zu drücken. Der Gedanke an eine gemeinsame Zukunft macht ihn zum glücklichsten Menschen.
Eloise überlegt, Gedanken rasen ihr durch den Kopf. Sie hat eigentlich vier Wochen Zeit bis die Proben für eine neue Produktion beginnen. In einer französischen

Komödie soll sie eine Rolle des Kindermädchens einstudieren. Normalerweise freut sie sich auf die probenfreie Zeit. Dann fährt sie zu ihrer Familie nach Nizza und verbringt viele Stunden mit ihren Schwestern am Strand. Eloise hatte eine schöne Kindheit an der Côte d'Azur verbracht. Ihr Vater spielte in einem Orchester die erste Geige, zu Hause übernahm aber die Mama den Part. Sie war bei den Kindern zu Hause und half ab und an ihren Eltern in deren Gemüsegeschäft. Eloise liebte das ruhige Leben in der Familie, doch nach der Schule sehnte sie sich nach einem Leben als Künstlerin. Die Schauspielschule machte ihr großen Spaß, doch ausgerechnet in Omas Gemüseladen traf sie einen Regisseur, der sie beim Lesen eines Shakespeareromans störte. So kam alles in Gang, sie bekam ihre erste Rolle und konnte sofort mit ihrem Talent, ihrer makellosen Schönheit und der ungeheuren Ausstrahlung punkten. Eigentlich freut sie sich darauf, ihre Liebsten zu sehen, aber eine Trennung von Heiner ist momentan unvorstellbar.

Da kommt Wilhelm ins Spiel. Er ordnet scherzhaft mit tiefer Stimme an, dass Heiner Eloise begleiten soll, um sich ihrer Familie vorstellen zu können. „In einer Woche geht die Arbeit im Verlag für Dich los, ich werde die Verträge der Finnen einstweilen prüfen." Eloise springt auf und umarmt Wilhelm ganz herzlich. „Danke, danke, danke, Wilhelm! Du bist ein Schatz." Solch einen Dank hat Wilhelm nicht erwartet und wird rot. Wie eine kleine Familie stehen sie zusammen und sehen einfach glücklich aus. Wilhelm dreht sich zu Elvira hin und haucht ihr ins Ohr: „Darf ich dich bitten, meine Liebe, mich für eine Weile zu begleiten. Wir müssen uns noch viel erzählen, um uns besser kennenzulernen. Ich freue mich auf eine gemeinsame Zeit mit Dir."

Spricht und küsst Elvira vor allen auf den Mund.

Alle verteilen sich auf ihren Zimmern und packen ihre Sachen zusammen. Morgen nach dem zeitigen Frühstück fliegen sie wieder zurück ins alte Leben.

Schneeflockenballett

Die Tage vergehen. Heiner hat sein neues Büro im Verlagshaus bezogen, er ist der Stille Held. Natürlich haben sich seine Abenteuer nicht verbergen lassen und doch ist niemand neidisch oder missgünstig. Das ehemalige Büro des Sekretärs von Herrn Blumberg wurde nach dessen Pensionierung neu eingerichtet und nun thront er hier. Im oberen Stockwerk mit toller Aussicht auf die Frankfurter Skyline. Seine neue Aufgabe mit der finnischen Reklame macht ihm sehr viel Freude. Dadurch, dass er Knut persönlich kennt, kann er im Zweifel mit ihm telefonieren und die gelegentlichen Treffen stärken das freundschaftliche Miteinander. Es läuft also alles nach Plan.

Elfie hat sich mächtig ins Zeug gelegt. Sie darf federführend beim „Projekt Weihnachtsdorf" die Broschüren illustrieren, das ist ihr großes Talent. Ob sie nun von der künstlerischen Arbeit oder von den Arbeitstreffen mit Knut so inspiriert ist, kann niemand genau sagen. Ihre Idee eines Schneeflockenballetts wird sofort dankend aufgegriffen und im Kollegenkreis viel diskutiert. Damit sie die Choreografie der Show auch in allen Details aufzeichnen kann, werden die Kollegen zu Statisten gemacht und zur Teilnahme an einer Stellprobe verdonnert. Der Jubel hält sich in Grenzen. Für kommenden Freitag hat sich Knut angesagt und Elfie will ihm ihre Idee vorstellen. Die Probe ist während der Mittagspause gegen 13 Uhr angedacht.

Schnell wird ein kleiner Snack eingelegt und schon eilen die Protagonisten in die Eingangshalle. Elfie verteilt weiße Plastiksäcke, um die natürliche Anmut der Schneeflocken darzustellen. Der große Reißwolf wird aus dem Keller hochgekarrt, damit er die weißen Papierschnipsel liefern kann. Vier mitgebrachte

Laubbläser bringen den erforderlichen Wind in die Halle und die beiden Hausmeister und die LKW-Fahrer der Spedition stehen startklar und windbereit. Elfie übernimmt den Hauptpart. Ihre Darstellung einer glänzenden Chefschneeflocke wird sie nicht im Sack, sondern in einem eigens ausgeliehenen Schneeflockenkostüm ausführen. Schnell verteilt sie Kunstschnee auf dem glänzenden Boden und dirigiert ihre Kollegen auf ihre Plätze. Dann ertönt ein helles Klingen. Die Probe beginnt. Vom Band singen glockenreine Kinderstimmen eine wunderschöne nordische Weihnachtsmelodie. Die weißen Säcke schwingen ihre Arme und drehen sich um die eigene Achse. Ein Trommelwirbel kündigt den Auftritt der Chefflocke an.

Wie eine weiße Litfaßsäule schwebt Elfie anmutig mit niedlichen Schritten in die Mitte der Halle. Sie tänzelt wie eine Primaballerina gekonnt zwischen den weißen Säcken umher, springt in die Höhe, dreht gekonnt eine Pirouette nach der anderen, als die Laubsauger ihren Dienst antreten. Mit Höllenlärm und starkem Wind wirbeln sie den Kunstschnee auf und verhelfen dem glänzenden Boden in eine glitschige Schneelawine überzugehen. Gerade wirbelt Elfie zwischen den Kollegen hindurch in die Mitte und streckt grazil ihre speckigen Arme in die Höhe. Sie spreizt ihre Finger und ihre Oberarme schwingen. Zuerst in kleinen Kreisen, dann größer werdend. Sie wirft den Kopf in den Nacken und setzt zu einem leichten Sprung an. Ihre Augen glänzen und ihre Wangen röten sich. Die Ballerina zeigt allen was sie kann. Genial!

Dann geht alles ganz schnell. Sie wird vom Taifun erfasst und wie bei einem Dominoeffekt reißt sie nach und nach die Statisten von den Beinen. Mit lautem Geschrei und entsetzt geweiteten Augen schlittert sie auf den Reißwolf zu. Schreie des Entsetzens werden laut, als Elfie am Papiereinzug des Schredders hängen bleibt. Sie strampelt mit den Beinen und schreit wie am Spieß. Sie dreht und wendet sich, um sich zu befreien. Langsam drängt sich das Schneeflockenkostüm in den Schredder und alle bangen um Elfies Leben.

Mit einem hässlichen Ton reißt der Schredder das Kostüm in seinen Schlund, als vermeintlich Hilfe erscheint. Die Laubsaugbläser drehen von blasen auf aufsaugen, um die Lebensgefahr abzuwenden. Die Idee ist gut, aber die erhoffte Wirkung bleibt aus. Elfie sackt wie ein mächtiger Eisberg auf den Boden. Die wenigen Kleidungsstücke, die sie noch am Leib trägt, zischen der saugenden Kraft der Laubbläser entgegen. Das Eiskrönchen war der noch angenehme Anfang, dann folgte eine beachtliche Unterhose mit kurzem Bein und ein Stütz-BH, in dem ein einsamer Wandervogel sein Nachtquartier hätte aufschlagen können. Bis auf die Socken entblößt liegt Elfie in der weißen Pracht und sieht mit Entsetzen den vornehmen Telefonisten, der sich ans Herz greift und zusammensackt. Das ist auch für sie zu viel. Sie verdreht die Augen und fällt mit einem gestöhnten Hauch in Ohnmacht. Durch den Tumult in der Halle wird Frau King auf die Situation aufmerksam. Gerade ist sie auf dem Weg, Knut vom Flughafen abzuholen.

Das Höllenszenario lässt einen Anschlag vermuten und so verständigt sie Polizei und Krankenwagen. Sie kann die spiegelglatte Halle nicht durchqueren und muss einen Nebeneingang nutzen, um zu der verletzten Elfie vorzudringen. Schnell erfasst sie die chaotische Lage und deckt Elfie mit der am Boden liegenden Unterhose zu, so gut es eben geht.

Die Feuerwehr ist als erstes zur Stelle und legt eine

stabile Leiter aus. Die angeschlagenen Statisten klettern darauf ins Freie, um dann, ihrer Säcke entledigt, medizinisch behandelt zu werden. Gerangel wie bei einem Bombenanschlag auf Spitzbergen.

Elfie wird von einem Heer Feuerwehrmänner hinausgetragen. Sie zittert am ganzen Körper und wird vorsorglich in glitzernde Wärmedecken gehüllt. Nach einer halben Stunde geht es allen wieder einigermaßen gut und sie alle sind froh, sich am Wochenende erholen zu können.

Knut bekommt von der Tragödie nichts mit, staunt aber nicht schlecht über die enorme Presse. Unglaublich, was dieser Verlag an Werbung macht, damit sein Weihnachtsdorf in aller Munde ist. Das ist Einsatz.

In der kommenden Woche wird die Tragödie im Verlag noch kurz besprochen, aber man schwört sich auf Geheimhaltung der entgleisten Probe ein. Knut hat glücklicherweise nichts mitbekommen. Heiner ist froh, dass das Unglück keine hohen Wellen schlägt und alle, auch Elfie, wieder an ihrem Arbeitsplatz sind. Die Idee vom Schneeflockenballett ist geplatzt, niemand traut sich bei Elfie auch nur das Wort Schnee zu erwähnen. Ihre blauen und lila Blutergüsse sprechen ihre eigene Sprache.

Heute hat sich Heiner für die Mittagspause private Arbeit mitgebracht. Unzählige Einladungskärtchen liegen vor ihm mit einer langen Liste mit Namen und Adressen. Er und Eloise wollen in Las Vegas heiraten, im kleinen Kreis mit Wilhelm und Elvira. Anschließend gibt es einen Empfang für die Familie und Kollegen von Eloise im Garten des Strandhauses von Whoopi. Die Eltern von Heiner, die Eltern und Geschwister von Eloise sowie Cousin Gustav mit Gattin Ilse. Alle sind schon sehr aufgeregt und stellen sich die Frage, ob es vor

214

dem langen Flug oder vor der prominenten Gesellschaft
ist, die dort auf sie wartet. Die Namensliste liest sich wie
ein Kinofilm, alle Namen hat man schon mal gehört.

Wahnsinn!
Hoffentlich habe ich auch niemand vergessen.

Frau King schneit mit einem Stapel Andrucke ins
Zimmer. Natürlich, selbstverständlich muss auch Frau
King auf die Liste. „Darf ich Sie, liebe Frau King, nach
Ihrer Adresse fragen? Ich habe nämlich die
verantwortungsvolle Aufgabe, unsere Hochzeitsgäste
schriftlich einzuladen." „Oh, wie schön, dass Sie
heiraten, Heiner. Über eine Einladung freue ich mich
natürlich sehr. Wann ist denn die Hochzeit und wo wird
gefeiert?" Ganz sachlich, wie Heiner eben ist, sagt er
leise: „Wir heiraten im kleinen Kreis in Las Vegas und
die Feier findet in Los Angeles, in Whoopi Goldbergs
Garten statt, in ihrem Strandhaus. Es kommen unsere
Familien und die Hollywoodprominenz, die Eloise gut
kennt." Frau King erstarrt.
Ihre wunderschönen Augen hören auf zu blinzeln, sie
lässt den Papierstapel fallen, seufzt und sinkt zu Boden.
Heiner springt auf und kann sie gerade noch auffangen.
Schlaff und schwer hängt sie in seinen Armen, als sich
die Tür öffnet und Herr Blumberg eintritt. Er merkt
sofort, was los ist und witzelt gekonnt: „Ab heute hören
mir diese Schäkereien mit Frau King auf, Heiner. Ein
Hochzeiter darf sich nicht in diese verfängliche Situation
bringen." Blumberg schüttet sich etwas Mineralwasser,
das immer auf dem Schreibtisch steht, in seine kräftigen
Hände und klatscht damit Frau King auf die bleichen
Backen. Diese kommt gleich wieder zur Besinnung und
schlägt die Augen auf.

„Also, Frau King, ich gestatte Ihnen hiermit nicht mehr, dem zukünftigen Chef unseres Hauses so einfach in die Arme zu sinken. Ich als sein Trauzeuge kann dieses Verhalten von Ihnen nicht gutheißen." Mit einem Seufzer setzt sich Frau King in den Besuchersessel und schnappt erstmal kräftig nach Luft. Dann erstrahlt ein Lächeln auf ihrem Gesicht. Eine Hochzeitsfeier in Los Angeles und sie ist eingeladen. Nach einigen Minuten ist sie wieder fit. Sie sieht sich den Wirrwarr auf Heiners Schreibtisch an. Der sonst so aufgeräumte Schreibtisch macht deutlich, wie schwer Heiner das Kartenschreiben fällt. „Darf ich mich als Wiedergutmachung um die Einladungen kümmern? Ich mache das gerne für Sie," sagt sie lachend. Ihre Gesichtsfarbe wird wieder rosig und Herr Blumberg setzt zu einer weiteren Überraschung an. „Wenn Sie sich nun schon mit der Hochzeit befassen, dann erarbeiten Sie mal einen Vorschlag für ein großes Fest für die Kollegen im Verlagshaus. Die Hochzeit muss auch hier im Verlag mit allen Mitarbeitern gefeiert werden. Aber mit allem Drum und Dran. Essen, Musik, na, machen sie mal. Es steht auch im Verlag eine Neuerung an, die wir an diesem Tag zusammen mit der Hochzeit feiern." Jetzt glühen die Wangen von Frau King. Geschickt sammelt Frau King die Kärtchen ein und beim Blick auf die beigefügte Namensliste wird ihr wieder schwindlig. Nur schnell aus dem Büro und in die Cafeteria, wo Elfie gerade ihren Obstsalat mit Joghurt verspeist. Elfie hat sich einen strengen Plan zum Abnehmen verordnet, aber als sie die neuesten Nachrichten von Heiner erfährt, rennt sie zur Kühltruhe und greift sich das größte Eis, das sie finden kann. Bei jedem Detail lutscht sie wild und wilder, diese Nachrichten können nur mit einer großen Portion Zucker verkraftet werden. Elfie, die lebende Rohrpost, wackelt auf ihrem Stuhl und kann nicht abwarten, den Kollegen im Büro diese Neuigkeiten zu erzählen. Mit einem Plumps fällt der Stuhl nach hinten und Elfie kugelt zur Seite. „Der Hammer," ruft sie noch aus und entschwindet leicht humpelnd aus der Cafeteria. Sie ist das Hinfallen ja neuerdings gewöhnt.

Elvira hat sich als liebenswerte Freundin erwiesen. Seit sie mit Wilhelm zusammen ist, kehrt die Lebensfreude und der ehemalige Liebreiz wieder zu ihr zurück. Noch wohnt sie mit Wilhelm in seinem großen schönen Haus, doch momentan ist sie in Südfrankreich, um sich ein Weingut einer befreundeten Gräfin anzusehen. Diese möchte sich auf ihren Altersruhesitz zurückziehen und Elvira überlegt, das Weingut zu kaufen. Sie möchte mit Wilhelm zusammen ein ruhiges Leben an der Cote d´Azur genießen. Das Gut wird von einem Verwalter geführt und so hätten sie genügend Zeit, die Welt zu bereisen. Was für eine schöne Vorstellung! Wilhelm lässt ihr dabei freie Hand und Elvira kann sich ihre Rolle als Gutsherrin gut vorstellen. Sie hat ihre Burg zur Stiftung gemacht, die sich um alternde Künstler kümmern wird.

Eloise ist vor einer Woche zum Dreh gefahren. Sie wollte sich vorher noch um eine neue Wohnung kümmern, aber die Dreharbeiten hatten begonnen und so wurde das Projekt bis zum Drehschluss verschoben.

Das Telefon klingelt und Elvira meldet sich. „Heiner, ich reise morgen zurück nach Frankfurt, können wir uns abends sehen? Ist Eloise schon weg zu den Dreharbeiten? Ich habe Euch schon so vermisst. Komm doch morgen um 20 Uhr zu Wilhelm, dort überlegen wir, was wir anstellen werden. Wir gehen essen oder bestellen uns was. Bis dann.“

Abends bei Wilhelm redet Elvira ununterbrochen von ihren Plänen. Sie hat viele Bilder von dem Weingut gemacht und einige Fläschchen zur Probe mitgebracht. Der Wein schmeckt wunderbar. Wilhelm hat einige kalte Platten machen lassen und so wird es ein schöner geselliger Abend. Nur Eloise fehlt. Elvira ist in Feierlaune und fragt nach dem Wohnungsprojekt. „Habt Ihr eigentlich schon was gefunden?“ Heiner erzählt von den Wohnungen, die er schon mit Eloise angeschaut hat. Bei jeder war etwas auszusetzen. Sie durfte ja nicht zu teuer sein, nicht zu weit weg, so groß, dass auch Gäste zum Essen kommen konnten, also der ganz gewöhnliche Wohnungshorror. Elvira schickt Heiner in den Keller eine neue Flasche Wein zu holen. Als er sich auf den Weg macht, sieht er ein loderndes Feuer in Elviras Augen. Zurück am Tisch öffnet er die Flasche, als Wilhelm zu einer Rede ansetzt. „Lieber Heiner, soeben hat Elvira um meine Hand angehalten, so eine Freude, ich bin ganz platt. Sie ist mir einfach zuvorgekommen, diese unglaubliche Frau. Meine zukünftige Frau!“ Er küsst Elvira und strahlt wie ein leuchtender Weihnachtsbaum. „Heiner, wir werden unseren Lebensabend gemeinsam auf Elviras Weingut verbringen. Wir werden viel reisen, und ich kann mir die Weinberge als mein neues Zuhause auch gut vorstellen. Jetzt möchte ich Dich, mein Lieber, um einen Gefallen bitten: Mein schönes Haus, das ich mit meiner ersten lieben Frau gebaut und bewohnt habe, ist ein Haus für eine Familie. Ich habe mit Elvira ein neues Daheim. Könntest Du Dir vorstellen, hier mit Eloise einzuziehen und Dich um alles zu kümmern? Die Köchin und der alte Gärtner gehören dazu. Sie sind sehr liebenswert und Euch eine große Hilfe. Sie wohnen nun schon ewig hier und sollten auch hierbleiben dürfen. Der

218

schöne Garten ist Gärtner Josefs Leben und Lisette, unsere Hauswirtschafterin, gehört ebenso wie er einfach zur Familie." Heiner verschlägt es die Sprache.

So ein wunderschönes großes Anwesen könnte ich mir niemals leisten.
Ein Traum!

Mit heiserer Stimme ruft er Eloise an, die sehr erstaunt die Neuigkeit aufnimmt. Ein Abend voller Seligkeit geht zu Ende und Heiner vergräbt sich aufgeregt in seiner grauen flauschigen Bettwäsche.

Die Tage vergehen bis zum Verlagsfest sehr schnell. Viel zu schnell. Für Heiner wird alles zu schnell. Dann ist der große Tag im Verlag gekommen. Rambo Zambo im ganzen Haus. Es wird gelacht, gefeiert, erzählt.
Das Parterre des Verlages ist zu einer Musikbühne umfunktioniert, Cousin Gustav hat ein Musikorchester nebst Chor organisiert. Im Atrium wurde ein Festzelt aufgebaut, Tische biegen sich von leckerem Essen und fleißige Kellner sausen mit Getränken hin und her. In der Cafeteria zucken Laserblitze wie bunte Polarlichter über die weißen Wände. Diese Disco hat sich Elvira ausgedacht. Schließlich kennt sie sich mit Feiern aus. Und eine Disco war immer ihr Highlight auf jedem Kreuzfahrtschiff. Die Hochzeitsfeier in Los Angeles ist das große Thema. Die taffe Frau King kann nicht oft genug erzählen, wie sie mit George Clooney tanzen wird. Vielleicht kann sie ihm ja den Kopf verdrehen. Elfie schaut verträumt auf ihre Kollegin. Bei jedem Wort werden ihre Kuhaugen runder. Frau King beschreibt ihr Kleid, das sie sich für die Hochzeit gekauft hat, im Zwanziger Jahre Stil mit Pailletten und Fransen. Wenn

die sich mal nicht beim Tanzen irgendwo verheddern!
Und das dann noch bei George! Das wäre doch wirklich
die Krönung aller Ungeschicklichkeiten. Yeah! Tausend
Frauen würden sie darum beneiden. Vor allem Elfie.
Heiner soll gleich seine Rede halten.

Wenn das mal gutgeht.
 Im Zentrum der Aufmerksamkeit zu stehen, daran werde
ich mich wohl nie so ganz gewöhnen.
Gott sei Dank hab ich mir was aufgeschrieben.
Der kluge Mann baut vor.
Oder der kluge Heiner eben.

Heiner fasst sich in seine Sakkotasche.

Mist.
Die Karten liegen noch auf meinem Schreibtisch.
Jetzt aber schnell!

Hektisch geht Heiner durch die Flure.

Nur einige Minuten dem Trubel entwischen.

Da entdeckt er in einer Ecke eines Büros eine große
zottelige Palme mit gedrehtem Stamm.

Das kann doch nicht wahr sein.
Das ist doch meine Palme!
Meine liebe Palme.
Mein geschützter Ort vor langer Zeit.

Er setzt sich an seinen alten Schreibtisch im
Großraumbüro. Es ist der einzige Ort, wo heute niemand
zu finden ist. Das Gefühl der Geborgenheit, das er immer

220

dort hatte – es ist weg. Der helle Raum wirkt riesig, viel
zu groß.

Muss es immer so groß sein?
Geht es nicht mal ein bisschen kleiner, einfacher.

So wie er eigentlich ist. Ängstlich, tollpatschig,
zurückhaltend. Heiner denkt nach. Wie alles anfing, mit
der ADAC Zeitschrift. Es fühlt sich wie eine Ewigkeit
an, dass er hier saß und von der Kreuzfahrt sprach, die er
eigentlich gar nicht machen wollte. Und dann war er ja
so schüchtern, dass er es nicht richtigstellen konnte.
Einfach nicht geschafft. Und dann wurde er, der ewig am
Rand Stehende, in einen Sog gezogen, der aus ihm einen
angesehenen Cheftypen machte. Heiners Auge zuckt.
Diese ganzen Abenteuer waren ja nicht gewollt, sie
passierten ihm einfach. Einfach so. Nur dadurch hat er
diese wunderbare Frau kennengelernt, seine Frau.

Meine Frau, wie das klingt.
Wie ein Traum.

Eine Hollywoodschauspielerin, die ihm ihre prominenten Freunde vorgestellt hat, mit denen er jetzt sogar
befreundet ist.

Es ist wie ein Wunder.
Womit habe ich das alles verdient?
Vielleicht, weil ich immer derselbe geblieben bin.
Ob ich auf meiner Parkbank bei den Enten sitze oder im
Grand Hotel, ich bin halt so wie ich bin.
Ich glaube, ich habe einfach großes Glück gehabt.

Heiner blickt aus der großen Fensterfront auf den Park.

Da war ich schon ewig nicht mehr.
Warum eigentlich nicht?
Was war denn am letzten Samstag?

Heiner kann sich nicht mehr erinnern. Sein Herz beginnt zu pochen, er atmet schwer, die Gedanken drücken wie zentnerschwere Mühlsteine auf ihn. Weit und breit ist niemand zu sehen.

Komisch.

Nur der aufkommende Wind bläst die grauen Gardinen hin und her. Heiners Hand reibt den grauen Stoff seiner Anzughose. Seine Nerven flattern, das Auge zuckt stärker, als sich die Tür öffnet und Eloise hereinkommt. Wie aus einem fernen Nebel hört er ihre Stimme. „Habe ich Dich endlich gefunden, Du kannst Dich nicht aus der Verantwortung stehlen. Du musst deine Rede halten, Wilhelm und die Kollegen warten in der Halle."

Was?
Wer?
Wer ist Wilhelm?

Heiners Herz schlägt wie wild. Sein Hals wird eng, seine Zunge trocknet aus.

Wasser, ich brauche Wasser.

Heiner greift nach einer großen Wasserflasche, die auf dem Schreibtisch steht. Er hechelt, dreht den festen Verschluss mit aller Kraft auf und nimmt einen großen

Schluck. Seine Augäpfel brennen, seine Lungen glühen, sein Atem geht stoßweise, Schweiß fließt seine Stirn hinab, seine Hände zittern, die Beine krampfen und das Wasser schießt im Schwall in seinen Mund. Er kann es nicht schlucken, aber immer mehr Wasser läuft in seinen Mund. Heiner will schreien, aber er kann die Wassermassen nicht kontrollieren. Es raubt ihm den Atem, und Heiner geht zu Boden. Um ihn herum ist alles schwarz. Heiner schlägt die Augen auf.

Inhaltsverzeichnis